红旗漫卷江西

朱虹 著

三环出版社　江西教育出版社
·海口·　·南昌·

图书在版编目（CIP）数据

红旗漫卷江西 / 朱虹著. -- 海口 : 三环出版社（海南）有限公司 ; 南昌 : 江西教育出版社, 2023.1
ISBN 978-7-80773-048-4

Ⅰ. ①红… Ⅱ. ①朱… Ⅲ. ①革命故事—作品集—中国—当代 Ⅳ. ①I247.81

中国版本图书馆CIP数据核字（2022）第239666号

红旗漫卷江西 / 著者 朱虹

HONGQI MANJUAN JIANGXI

策　　划	张秋林　吴宗森
编辑统筹	李一意　徐　徐
责任编辑	徐文婧　吴　馨　张琋媛
特约编辑	张华华　朱静楠
美术编辑	万紫怡
封面设计	熊　瑾
出版发行	三环出版社　江西教育出版社
发 行 部	（0791）86579157
地　　址	海口市金盘开发区建设三横路 2 号
邮　　编	570216
邮　　箱	sanhuanbook@163.com
社　　长	王景霞
总 编 辑	张秋林
印刷装订	江西茂源艺术印刷有限公司
开　　本	880 mm × 1230 mm　1/32
印　　张	8
字　　数	130 千字
版　　次	2023 年 1 月第 1 版
印　　次	2023 年 1 月第 1 次印刷
印　　数	1~30 000 册
书　　号	ISBN 978-7-80773-048-4
定　　价	30.00 元

序诗 红色江西

天是星火照
地是丹霞貌
水是红井涌
山是杜鹃俏

这是母亲的摇篮
这是初心的故土
这是燎原的火种
这是铸剑的熔炉
这是红色的江西
这是逐梦的热土

在那茫茫的长夜里
共产党在这里艰辛探寻
烈士的鲜血浸染成红色圣地
锻造出共和国最多的开国将军

南昌城头一声惊雷
宣告人民军队诞生
井冈山上星星之火
点亮中国革命胜利航程

瑞金红色故都
演绎出新中国的雏形
安源路矿大罢工
唤起不愿做奴隶的人们

于都河里红军渡
铸就了伟大的长征精神
上饶集中营中的英勇抗争
凝聚起共同抗战的国魂

方志敏《可爱的中国》
奏响爱国主义的千古绝唱
小平小道上的深沉求索
引领我们奔向富强

你是中国革命史诗的绝美篇章
你是红色故事里的经典传奇
矢志不渝传承红色基因
筑梦未来，绿色崛起
我的母亲啊
红色江西！

概述　江西为什么这样红？

“踏遍青山人未老，风景这边独好。”

1934 年 7 月，毛泽东写下这句词时，是在江西会昌。那一天，天刚刚拂晓，一道曙光冲破迷雾，跃上了山脊线，为郁郁葱葱的山林染上了一层金边。毛泽东身披霞光，步履从容，登上了会昌城西北的高峰会昌山。会昌坐落于江西省东南部，东连福建省，南经寻邬县（今寻乌县）通广东省。1929 年，毛泽东为开辟赣南根据地，率领红军到过会昌，之后又多次途经和居住在这里。

1934 年的夏天，国内形势异常严峻。当时，蒋介石阴谋策划了第五次“围剿”，以博古负总责的临时中央却推行“左”倾政治策略和军事策略，反对毛泽东的正确领导。毛泽东被排挤出领导集团，在会昌“养病”。工农红军反“围剿”节节失利，愈打愈困难。这一时期毛泽东在党内、军内已无发言权，他虽然身处逆境，却毫不气馁。在他的心中，始终想着党的事业，始终对未来充满信心。

毛泽东登上会昌山顶，远眺逶迤的山峦，不禁心潮澎湃，写下了一首充满豪情的词《清平乐·会昌》：

东方欲晓，莫道君行早。踏遍青山人未老，风景这边独好。

会昌城外高峰，颠连直接东溟。战士指看南粤，更加郁郁葱葱。

东方已经出现曙光，莫道君行早，更有早行人。革命者始终坚信黑暗总会过去，光明即将到来。他们翻过一座又一座险峻的高山，走过一段又一段布满荆棘的道路，依然满怀希望，勇于斗争。不会老去的不是年华，而是心中坚如磐石的信仰和不可磨灭的意志。会昌城外高高的山峰一直绵延到东海。毛泽东极目远望，豪情满怀。他所关注的不是眼前的山林，而是广阔的天地，是党的伟大的事业。毛泽东写下这首词之后不久，1934 年 10 月，艰苦卓绝、举世瞩目的长征就开始了。江西的山山水水见证了伟人的足迹，也为中国革命史展现了浓墨重彩的篇章。

是啊，江西风景独好！

如果说，江西的风景多彩，那么，最动人的色彩一定是红色。“江西红”，是共产党人的初心和使命，是中国红色历史中的璀璨瑰宝，是江西人民自强不息、勇于担当的精魄忠魂。江西是一片红色的沃土。在这里，毛泽东、周恩来、刘少奇、朱德、邓小平、陈云等一大批老一辈无产阶级革命家留下了光辉足迹；在这里，诞生了跨越时空的井冈山精神、苏区精神、长征精神；在这里，发生了许多可歌可泣、历久弥新的红色故事。

江西的红色基因，有其深厚的历史积淀。江西，三面环山，北临长江，扼八省之要冲。据考证，距今1万多年前，赣鄱先民即已开始开发这片热土。万年仙人洞、吊桶环遗址发现的稻作遗存，把世界栽培水稻的历史推到1.2万年前。瑞昌铜岭、樟树吴城、新干大洋洲的三次重大考古发掘，见证了商代文明在江南兴盛的历史。汉高帝初年（公元前202年）设豫章郡，自此江西有了明确的行政建制。

江西人向来以耕田务农为本，读书上进为要，历史上涌现出一大批名贤巨擘，为锻造华夏文明做出了杰出的贡献。中国田园诗鼻祖陶渊明、“中国十一世纪的改革家”王安石、一代文宗欧阳修、理学双峰朱熹和陆九渊、“东方的莎士比亚”汤显祖，还有千古忠臣文天祥、《永乐大典》总编纂解缙、一代画圣八大山人、科学家宋应星等，都是贤才大德。据统计，自唐至清，江西前后有进士1.05万人，占全国的10.67%；文科鼎甲（状元、榜眼、探花）107人，其中状元42人。江西籍历代宰辅近100人。这些知名的文人学者、仕宦举子，留下1万多部古籍，以及大量讴歌江西山水风物的经典诗文歌赋。

江西自古交通便利，民风淳朴，加上两宋文人治天下的化育，北人南下迁徙、江西填湖广的历史演绎，铸就了临川文化、庐陵文化、客家文化、江右文化的时代辉煌。南昌、景德镇、赣州、九江、吉安等历史文化名城，婺源、浮梁、金溪、乐安、高安、安义等地的历史文化名村名镇，滕王阁、白鹿洞书院、鹅湖书院、景德镇古窑、古州永和窑、赣州宋城遗址群等历史名胜遗迹，犹如一颗颗璀璨的明珠镶嵌在江西的版图上。饱经风雨的青砖黛瓦，诉说着江西绵久而厚重的历史。

江西作为中国南北交会的大通道和民族迁徙融合的集散地，许多山野乡村保留着各自颇具情趣的传统习俗，谦恭好客更成为“江西老表”的性格特征。赣南是客家摇篮，龙南等地的围屋是中国一绝。南丰、婺源、乐安、萍乡等地的民间傩舞流传至今，被誉为中国古代舞蹈艺术的活化石。弋阳青阳腔、江西采茶戏等地方戏曲脍炙人口。鄱阳湖畔的渔村风情，泸溪河上古越族崖墓悬棺葬俗、鸬鹚捕鱼，樟树镇的“药墟”，南昌绳金塔和西山万寿宫的庙会，文港笔市，赣南兴国山歌赛会等，都具有极高的观赏和参与价值。

江西的山水，独特秀美。庐山、井冈山、三清山、龙虎山、武功山、明月山、三百山、大觉山……山山钟灵毓秀；鄱阳湖、庐山西海、仙女湖、阳明湖……湖湖水碧天蓝。从山脉走势看，东部的怀玉山、武夷山，南部的大庾岭，西部的罗霄山、幕阜山，像一道道翠绿的屏障，绵延不绝，环抱赣鄱大地。赣江、抚河、信江、修河和饶河，像五条舞动的丝带，汇集成烟波浩渺的鄱阳湖，最终向北流入长江。山水含灵，相辉相映，使江西既具有温婉灵动的江南之美，又不乏奇崛峭拔的峥嵘之气。

江西沃野千里，物产丰饶，“泽有鱼虾菱芡之利，山有果实竹木之饶。噫吁，嘉蔬精谷，擅味八方，田畴膏腴，桑麻沃然”（赖建青《江西赋》）。景德镇为“千年瓷都”，精美的瓷器及制瓷技艺源远流长，蜚声中外。南昌瓷板画，婺源徽州三雕，歙砚、金星砚、罗纹砚制作等传统技艺巧夺天工。产四特美酒的樟树，又为中药与中成药云集之地，号称“中国药都”。庐山云雾、井冈翠绿、婺绿浮红、遂川狗牯脑等，均为茶中珍品。婺源油菜花号称全国三大花海之一，南丰蜜橘历来是皇家贡品，余江、婺源等地的木雕天下闻名。鄱湖珍珠、万年贡米、宜春茶油、赣南脐橙、南安板鸭、广昌白莲等，都是人们喜爱的名品。江西的矿产资源特别丰富，有“世界钨都”“稀土王国”的美称，铜、钨、铀、钽、金、银、重稀土“七朵金花”的储量在全国位列前茅。

神奇的江西，是古色厚土，是绿色家园，更是红色圣地。

近代以来，为了摆脱百年的苦难，中国的革命者进行了艰苦卓绝的探索和斗争。作为“文章节义之邦”的江西，历史性地站到了时代前沿，成为重要首义地区之一。1906 年的萍浏醴起义，是中国同盟会在 1905 年成立后举行的第一次以推翻封建帝制、建立民主共和制国家为目标的大规模武装起义。这次起义引起全国震荡，成为辛亥革命的前奏。1911 年 10 月 10 日，辛亥革命在武昌爆发。

23日，驻九江的新军五十三标宣布起义，并成立中华民国驻浔军政分府。江西成为仅比湖南、陕西晚一天的全国第三个响应辛亥革命的省区。31日，南昌新军起义，建立江西军政府，江西全省独立。江西的独立壮大了革命声威，对长江下游的革命形势产生了重要影响。

1921年中国共产党诞生，是开天辟地的大事变，深刻改变了中国革命的方向和进程，也为江西革命带来了全新面貌。江西这片热土，是中国共产党人将马克思主义同中国革命实践相结合的最早区域，也是中国共产党人领导土地革命的中心地区。以毛泽东、周恩来、刘少奇、朱德、邓小平等为代表的中国共产党人为中国人民谋幸福，为中华民族谋复兴，先后从全国各地辗转汇聚江西，带领无数革命先烈用生命和鲜血谱写了一首可歌可泣的革命史诗，从此也开创了江西红色文化的新纪元。

中国共产党在江西的奋斗，引导了中国的前进方向，改变了中国的历史命运。江西这片土地上浸透着革命烈士的鲜血，山水中凝结着太多的革命传奇，承载着太深的红色记忆。

江西的红色文化在中国共产党的革命历史、精神谱系上有着特殊地位，突出表现为20世纪20至30年代，在中国共产党寻路时期有着历史性的特殊贡献，最具代表性的当属“四大摇篮（中国革命的摇篮——井冈山、人民军队的摇篮——南昌、共和国的摇篮——瑞金、中国工人运动的摇篮——安源），四处胜地（伟人化险地——铜鼓、中央红军长征集结出发地——于都、改革开放策源地——小平小道、耀邦陵园地——共青城富华山），一营——上饶集中营，一人——方志敏”等。还有井冈山精神、苏区精神、长征精神等革命精神跨越历史时空，催人奋进。

一是中国革命的摇篮——井冈山。井冈山是中国共产党建立的第一个农村革命根据地。井冈山道路是马克思主义中国化、时代化的经典之作，从这里革命才开始走向成功。行程万里，不忘初心。在这里，锻造出了跨越时空的井冈山精神，即坚定执着追理想、实事求是闯新路、艰苦奋斗攻难关、依靠群众求胜利。井冈山是革命的山、战斗的山，也是英雄的山、光荣的山。朱德称赞井冈山为“天下第一山”，彭真称她为“中华人民共和国的奠基石”，董必武称她为“革命山”“旅游山”“文化山”。

二是人民军队的摇篮——南昌。南昌起义打响了武装反抗国民党反动派的第一枪，这是中国共产党独立领导革命战争、开始创建人民军队和武装夺取政权的标志。南昌也因此成为人民解放军的诞生地，被誉为“英雄城”。1938 年 1 月 6 日，新四军军部、中共中央东南分局在南昌成立。在此前后，中国共产党成功地组织南方 8 省 14 个地区红军游击队下山改编为新四军。南昌也成为新四军的主要诞生地。

三是共和国的摇篮——瑞金。瑞金是土地革命战争时期中央革命根据地的核心地区。在这片红色土地上，中国共产党人在这里演绎了自己的文韬武略，进行了长达三年治国理政的伟大实践。中华苏维埃共和国临时中央政府在瑞金宣告成立，标志着土地革命中产生的工农民主专政政权首次以国家形态登上中国政治舞台，也为建立新中国进行了伟大预演。

四是中国工人运动的摇篮——安源。安源路矿工人大罢工是中国共产党第一次独立领导并取得完全胜利的工人斗争，开创了中国早期工人运动“绝无而仅有”的成功范例。安源工人运动的蓬勃发展为后来中国共产党领导武装斗争积蓄了重要力量。

五是伟人化险地——铜鼓。毛泽东在领导和指挥秋收起义时，曾经历了人生中唯一的险境。他在湖南浏阳被当地民团抓住，凭着机智在铜鼓县安然化险。随后，毛泽东在铜鼓县城桥头大沙洲上检阅了工农革命军第一军第一师第三团全体指战员，正式宣布起义。铜鼓由此成为毛泽东创立新型人民军队的伟大起点，也是毛泽东开启军事统帅生涯的伟大起点。“一脚踏两省，六圆定乾坤”的传奇经历为后人景仰并传唱至今。

六是中央红军长征集结出发地——于都。第五次反“围剿”战争失败后，中共中央、中革军委和中央红军主力8.6万人不得不离开中央革命根据地，集结于都并开始战略转移，即长征。为了保证红军顺利渡河，于都人民无私奉献，全力支援红军，做出了巨大贡献。于都这片红色土地承载着中国共产党的初心和使命，见证了中国共产党的理想信念和革命意志，成为铸就中国共产党人伟大长征精神的源头。

七是改革开放策源地——小平小道。邓小平下放到江西新建县拖拉机修配厂劳动期间，为方便小平同志上下班，工人师傅们从工厂后墙开了个小门，并用炉灰渣铺了一条1500多米长的小路直通其在陆军步兵学校的住所。邓小平夫妇在这条小道上走了三年零四个月，因此人们把这条小道称为小平小道。从小平小道延伸出去的，是一条通往国家富强、人民幸福的中国特色社会主义康庄大道。

八是耀邦陵园地——共青城富华山。共青城是全国唯一以共青团命名的城市。胡耀邦对共青城建设与发展非常关注，并对其寄予热切希望，他先后两次亲临共青、三次为共青题词，在共青城留下了风尘仆仆的身影和热情爽朗的笑声，也给这里的人们留下了永久的记忆。胡耀邦逝世后，经党中央批准，他的骨灰被安葬在共青城的富华山上。

九是烈火炼狱——上饶集中营。上饶集中营是皖南事变的历史产物，是国民党第三战区设立的一座规模庞大的法西斯式人间地狱。在集中营内，面对腥风血雨、生死考验，被囚禁的共产党人和新四军战士以高度的政治觉悟和组织纪律，与国民党反动派进行了顽强抗争，挫败了国民党反动派妄图从政治上、精神上瓦解抗日革命队伍的阴谋，表现了革命志士捍卫真理、不怕牺牲、英勇抗争的坚定信念和伟大的爱国主义精神，树立了一座不朽的革命丰碑。

十是伟大的无产阶级革命家——方志敏。方志敏是伟大的无产阶级革命家、政治家、军事家、农民运动领袖，土地革命战争时期赣东北和闽浙赣革命根据地的主要创建人，是被中央军委审议通过的中国人民解放军36位军事家之一。他奉命率红军北上抗日先遣队北上时，在皖南遭国民党重兵围追堵截，终因寡不敌众，在江西省玉山县陇首村被俘，英勇就义时年仅36岁。在狱中，方志敏先后写下了《我从事革命斗争的略述》《可爱的中国》《清贫》《狱中纪实》等重要文章，影响至今。2009年9月，方志敏被中共中央宣传部、中共中央组织部、中共中央统战部、中共中央文献研究室、中共中央党史研究室、中国人民解放军总政治部等11个部门联合评选为“100位为新中国成立作出突出贡献的英雄模范人物”之一。

此外，南方三年游击战争、赣南三整、永新三湾改编、遂川红色圩场、万安暴动、罗坊会议、东固会师、宁都起义、金溪战役等红色故事也值得铭记在心。

江西是一座没有围墙的革命历史博物馆。

革命峥嵘岁月不仅为当前我们学习党史提供了丰富的资源，

也为江西加快传承红色文化、创新红色旅游奠定了坚实的基础。梳理江西红色旅游资源的优势与特点，可以归纳为三点：

一是影响大。首先，江西的红色资源名气很大，中国革命摇篮井冈山、人民军队摇篮南昌、共和国摇篮瑞金、中国工人运动摇篮安源、中央红军长征集结出发地于都等都赫赫有名，在新中国的历史上享有崇高地位，能够形成独特品牌。在井冈山革命时期，开辟了独具特色的“农村包围城市、武装夺取政权”中国革命胜利道路；八一南昌起义，开国十大元帅、十位大将中，有7位元帅、4位大将直接或间接参加；“毛主席”的称谓、“吃水不忘挖井人，时刻想念毛主席”的故事从瑞金诞生。其次，江西也是红色旅游的策源地、领跑者，通过多年努力，塑造出了响亮的红色旅游品牌。早在2004年，江西就出台了《江西省红色旅游发展纲要》，将红色旅游作为旅游业的发展重点，在全国率先发展红色旅游；2005年，江西举办了首届中国红色旅游博览会；2017年，由江西倡议，全国24个省（区、市）共同发起成立中国红色旅游推广联盟，联盟秘书处永久设在江西。

二是数量多。主要体现在革命烈士多、开国将军多、革命旧址多等。江西这片土地上承载着太多的红色记忆，山水中凝结着太深的革命传奇，可谓县县有红色故事，市市有红色景区。在中国共产党的领导下，江西儿女为了革命的胜利赴汤蹈火、前赴后继，有名有姓的烈士近26万人，无名烈士更是不计其数。江西是开国将军最多的省份。在新中国1600多名开国将军中，江西有327名，占了20%。其中，萧华、陈奇涵、赖传珠3位为开国上将，梁兴初、张国华、吴克华、王恩茂、曾思玉等38位为开国中将，谢振华、曾克林、张耀祠等286位为开国少将。全省现有革命旧址2960处，其中爱国主义教育基地350多处，遍布全省11个设区市，初步形成了国家、省、市、县（市）四级教育基地网络，各类红色学习教育活动开展得有声有色。如2019年井冈山共接待红色培训学员43.57万人次，培训人次连续5年呈现阶梯式增长，学员遍及全国31个省（自治区、直辖市）和港澳台地区。

三是条件优。主要是指江西红色旅游资源的自然条件美、硬件质量好、服务水平高等。江西丰富的红色旅游资源，大部分镶嵌在优美的自然山水、深厚的历史文化之中，可以说是红色、绿色、古色交相辉映。习近平总书记视察江西时指出，绿色生态是江西最大财富、最大优势、最大品牌，并夸“庐山天下悠、三清天下秀、龙虎天下绝”，要求我们打造美丽中国的“江西样板”。一些专家点评说，江西是红色省份中最绿的、绿色省份中最红的，可谓是“大红大绿”。来江西旅游，既可接受红色的革命教育，又可呼吸新鲜的富氧空气、饱览秀丽的绿水青山、学习优秀的历史文化，可谓一举多得。截至2022年1月，全省建有3个5A、20个4A、23个3A

和2个2A级红色旅游景区，总共48个红色A级旅游景区。这些景区均完成了“一路（景区公路）三道（栈道、索道、游步道）一平台（观景平台）”等配套基础设施建设。同时，江西持续健全旅游者权益保护法规制度，加强旅游市场秩序监督管理，大力提升景区、宾馆等服务质量，实现了先行赔付制度省、市、县三级全覆盖，入选了全国红色旅游“五好讲解员”建设行动试点省份，形成了红色景区线路化、集群化打造。瑞金、兴国、于都、宁都等实施整合发展，井冈山、弋阳、莲花等地开展红色培训，立法实施旅游者权益保护、先行赔付制度等一批可复制、可推广的红色旅游全国性样板发展经验。

传播红色文化，传承红色基因，是我们每位中国人尤其是共产党人的责任与义务。作为红色资源大省，江西有信心也有理由走在全国前列，发挥更大作用。我们要充分发挥红色资源优势，弘扬革命精神，追寻红色记忆，传承红色基因，传播红色文化，领跑红色旅游，讲好党的故事，深入进行党史、军史和光荣传统教育，把红色基因一代代传下去，让红色精神永放光芒！

目录

第一章

“四大摇篮” 敢闯新路

第一节
中国革命的摇篮——井冈山

夜已深，星如海。

井冈山茅坪的八角楼在树林的掩映下，笼罩在一片静谧之中。寒冬来临，山里的气温越来越低，朔风凛冽地刮着。八角楼的窗前，亮起了一束灯光——那是一盏油灯，光线如此微弱，却又如此明亮，充满了希望和力量。毛泽东披衣坐在灯前，时而蹙眉沉思，时而奋笔疾书。那一星如豆的灯火，在茫茫暗夜中照亮了井冈山，照亮了中国革命的前途。

井冈山会师

井冈山位于江西省西南部，地处湘赣交界的罗霄山脉中段，山势雄伟，地形复杂，古有“郴衡湘赣之交，千里罗霄之腹”之称。这里东邻江西泰和，北接江西永新，南临江西遂川，西靠湖南茶陵、炎陵，具有建立革命根据地的良好条件。

1927 年 9 月 9 日，毛泽东等人领导工农革命军第一军第一师，在湖南、江西边界地区举行秋收起义。起义后，各路部队向长沙挺进，在攻打平江、浏阳等地的战斗中遭受严重挫折。9 月 17 日，毛泽东命令各路起义军向浏阳的文家市集中，并于 9 月 19 日决定放弃攻打长沙的计划，实行战略撤退，沿罗霄山脉南下，向敌人统治力量薄弱的农村转移。部队撤退途中，又遭敌袭击，损失惨重。9 月 29 日，部队到达永新县三湾村时，人员不足千人，并且队伍组织不健全，思想混乱。毛泽东果断决定对部队进行整顿和改编，坚定了部队的意志，重振了士气。

“三湾改编”后，起义部队继续向南转移，10 月 3 日到达宁冈县古城。毛泽东在古城召开了前委扩大会议，初步做出了在罗霄山脉中段“安家”，创建井冈山革命根据地，开展工农武装割据的决定。在井冈山当地党组织和袁文才、王佐农民武装的帮助下，10 月 27 日，毛泽东率领工农革命军到达井冈山的茨坪，安下了革命的“家”。当时，国民党新军阀之间发生混战，井冈山地区敌军兵力空虚。毛泽东领导部队在井冈山及其周围地区发动群众开展游击战争，进行土地革命，恢复和建立共产党的组织，建立革命政权，创建革命根据地。

随着工农革命军作战的胜利和根据地建设的开展，1928 年 2 月底，包括宁冈全县，永新、遂川、茶陵、酃县（今炎陵县）等县部分地区的中国第一个农村革命根据地——井冈山革命根据地初步建成。

▲ 井冈山茨坪

当毛泽东率领秋收起义部队找到井冈山的时候，南昌起义部队还在南征途中辗转，一度进入广东，攻占潮州、汕头，终因寡不敌众而落败。周恩来、叶挺、贺龙等南昌起义领导人根据中央指示前往香港，朱德以及南征途中加入的陈毅率部撤入江西。此时，这支南昌起义时 2 万人的部队，只剩下 2000 余人。1928 年 3 月，朱德、陈毅率部向井冈山转移，毛泽东闻讯后积极掩护。4 月下旬，朱德、陈毅部队到达宁冈砻市，与毛泽东率领的工农革命军胜利会师。

朱、毛井冈山会师，为中国革命翻开了跨时代的一页。两军会师后，部队增加到 1 万多人，合编成立了工农革命军第四军（后改称中国工农红军第四军，简称“红四军”），由毛泽东担任党代表和军委书记，朱德任军长。在此后一个较长时期，“朱毛红军”成为人民军队的代名词。

这场历史性的会师永远被后人铭记。为了纪念井冈山会师和红四军的建立，朱德曾赋诗歌颂：“红军荟萃井冈山，主力形成在此间。领导有方经百炼，人民专政靠兵权。”

黄洋界保卫战

井冈山革命根据地的开辟，引起了湘赣两省敌军的极大恐惧，他们联合起来，接二连三地对根据地发动“进剿”和“会剿”。面对这种形势，毛泽东、朱德率领红军采取“分兵以发动群众，集中以应付敌人”和“敌进我退、敌驻我扰、敌疲我打、敌退我追”十六字诀的游击战术，在井冈山当地群众的配合下，打退了敌军的多次进攻。

著名的黄洋界保卫战就是一场保卫井冈山的重要战役。

▲ 黄洋界

黄洋界是井冈山的险要哨口之一。这里群山巍巍，形势险要，气象万千，时常弥漫着茫茫云雾，好像一望无垠的汪洋大海，因此又名“汪洋界”“望洋冈”。

黄洋界上有三条狭小崎岖、盘山而上的山间小路在此联结：一条北经茅坪村，与江西省的永新县相连；一条西连大陇村，可抵湖南省的炎陵县；另一条则南接井冈山上的大小五井村，直达当年主力红军的井冈山军事根据地中心——茨坪。1928 年 4、5 月间，红军利用黄洋界的天然地势，在黄洋界 3 条小路的联结点上，建立了 3 个防御工事：右边一个工事用以控制通往茅坪的小路，阻击从江西永新方向来进犯井冈山的敌军；左边一个工事可控制通往原宁冈大陇的小路，阻击从湖南炎陵县方向来犯的敌人；在这两个工事的后山山顶上设立一个哨所，用以监视山下敌军的动静，以掩护前面两个工事。三个工事互为掎角之势，作战时可以互相呼应，组成井冈山红军的五大哨口之一——黄洋界哨口。为有效地阻击敌军进犯，井冈山军民自 1928 年夏季开始，在黄洋界哨口左右两个工事的前沿，不断加固防御，各设有竹钉阵、壕沟、竹篱笆围栏、滚木礌石以及用木头、石头及泥土垒筑而成的射击掩体等五道防线。

黄洋界哨口是当年保卫井冈山革命根据地党、政、军高级指挥机关的一座天然屏障。

1928 年 8 月，朱德率领红四军主力去湘南，毛泽东率领部分红军去桂东迎接红四军主力，井冈山只留下少量部队。8 月 30 日上午，湘赣两省敌军趁红军主力未归之际，对井冈山革命根据地发动第二次“围剿”，向井冈山上黄洋界阵地发起猛烈进攻。守卫在黄洋界的红四军第三十一团第一营一部在党代表何挺颖率领下，借助赤卫队和群众的支持，凭借黄洋界居高临下的险要地形与敌军展开激战。当时由于缺少枪支弹药，每个战士只有三五发子弹，为了节省子弹，敌军距离远时不开枪，到有效射程内再突然开火。就这样，红军从早晨打到下午，打退了敌军多次猛烈攻击。下午 4 点左右，正当敌军重新组织进攻时，红军把南昌起义后带到井冈山的仅有的一门刚修复的迫击炮抬来，向敌军发射了三发炮弹，其中一发正落在敌军指挥阵地上。敌军听到炮声，误以为红军主力部队回到了井冈山，惧怕被歼，不敢再战，利用傍晚云雾弥漫的机会，当夜撤回酃县（今炎陵县）。这次战斗共打死、打伤敌军 200 多人，胜利地保卫了井冈山战略基地。

当毛泽东听到黄洋界保卫战的胜利喜讯后，欣然写下《西江月·井冈山》：

山下旌旗在望，山头鼓角相闻。敌军围困万千重，我自岿然不动。

早已森严壁垒，更加众志成城。黄洋界上炮声隆，报道敌军宵遁。

黄洋界保卫战虽然只是井冈山军事战争中的一次战斗，却也是整个井冈山斗争的缩影。在毛泽东和朱德的率领下，井冈山军民以众志成城、团结战斗的大无畏革命精神，在极其艰苦的条件和人数、装备相差悬殊的情况下，以少敌多，以弱胜强，突破敌人的封锁，多次粉碎江西敌军和湘赣联军的“进剿”和“会剿”，取得了保卫井冈山的伟大胜利。

八角楼的灯光

在井冈山茅坪村谢氏慎公祠的后面，有一个带天井的小院落，房屋倚山坡而建，坐东朝西，悬山式土木结构，小青瓦屋面，占地面积仅 143 平方米。这里原系当地中医谢池香的住宅，因左侧楼上卧室顶部有一个天窗，依中医八卦之理，修成了与众不同的八边形，故当地群众称之为八角楼。井冈山革命时期，毛泽东因患有脚疾，为方便治疗，便被安排在八角楼居住。

由于湘赣敌军对井冈山实行严密的经济封锁，红军的军需给养十分困难，物质生活十分艰苦。毛泽东领导井冈山军民度过了艰难的岁月。他与普通战士一样，吃红米南瓜汤度日，穿破衣烂衫御寒，床上垫的是稻草，盖的是一条薄薄的线毯。

当时，根据地的用油十分紧张，部队对晚上点灯用油有一条规定：“各连直至营和团以上机关，办公时用一盏灯，可以点三根灯芯，不办公时必须将灯熄灭；连部保留一盏灯供带班、查哨用，但只准点一根灯芯。”按规定，毛泽东晚上办公时所用的油灯可以点三根灯芯，但他为了节省用油，却一直坚持使用一根灯芯，经常在一盏昏暗的油灯下，通宵达旦地学习、写作。有一次，警卫员偷偷地给他添了两根灯芯，他发现后都给挑开了。他说：“如今物资这么紧张，我们更要带头省吃俭用、精打细算，这样才能使有限的物资用得时间更长一些！”

就是在八角楼昏暗的灯光下，毛泽东以如炬的卓远见识，深入思考中国社会形势和中国革命未来，撰写出了《中国的红色政权为什么能够存在？》《井冈山的斗争》这两篇光辉著作，从理论上全面系统地总结了创建井冈山革命根据地的经验，分析了中国革命的性质和任务，明确提出了“工农武装割据”的重要思想及其战略策略，指明了中国革命的前途，坚定了革命的必胜信心。这两篇文章是毛泽东农村包围城市道路理论的重要组成部分，是毛泽东运用马列主义基本原理，结合中国革命实际，创建中国革命道路理论的重要开端。

八角楼的灯光，是毛泽东在井冈山斗争中创立红色理论的象征。而在井冈山崎岖险峻的盘山小道上，还传颂着感人的挑粮故事。

当时，井冈山上除正规红军部队外，另有党、政、军等后勤机关的工作人员和800多名伤病员，每天需要大量的粮食。但山上人口不满两千，产谷不满万担，军粮全靠宁冈、永新、遂川

▲ 八角楼

三县输送。为了粉碎敌人的军事进攻和经济封锁，必须储备足够的粮食。从山下运粮上山，是一件十分艰苦的事。军队开展了挑粮上山活动，广大指战员争先恐后地报名参加，仅一个多月，井冈山上就储备有 30 多万斤粮食。

毛泽东虽然军务繁忙，但也坚持和军民一起挑粮。有一天，毛泽东和战士们从宁冈挑粮登上黄洋界后，在一棵荷树下歇脚。

他问身边的战士："你们说，站在这里可以看到哪里呀？"战士们有的说："站在这里可以看到江西。"有的说："还可以看到湖南。"毛泽东接着大家的话说："对，我们革命者就是要站得高、看得远，站在井冈山上，不仅要看到江西和湖南，还要看到全中国、全世界。"毛泽东的话极大地鼓舞了大家坚持井冈山斗争的信心。

当时年已 40 多岁的朱德军长身负重任，但也主动要求下山挑粮。红军战士为了让他得到休息，两次拿走他的扁担，朱德便请军需处的同志为他削了第三根扁担，并在上面写了"朱德扁担，不准乱拿"八个字。"朱德挑粮上坳，粮食绝对可靠。军民同心协力，粉碎敌人'会剿'。"从此，"朱德的扁担"的故事一直被人们传颂着。

星星之火，可以燎原

井冈山革命根据地的建设，是从政治、军事、经济等各方面展开的。

在开创井冈山革命根据地的实践中，毛泽东通过调查发现，当时边界土地 60% 以上集中在地主手里。只有解决农民的土地问题，才能充分调动农民参与革命根据地建设的积极性。他亲自带队去发动群众，打土豪劣绅，插牌分田，掀开了井冈山革命根据地土地革命的序幕。

1928 年 5 月，井冈山革命斗争进入了大发展时期。为加强边界党的统一领导，经江西、湖南两省省委同意，5 月 20 日，中共湘赣边界党的第一次代表大会在茅坪谢氏慎公祠召开。出席会议的有宁冈、永新、莲花、遂川、酃县（今炎陵县）五县县委和茶陵特别区委，以及军队党组织的代表共 60 余人，会期 3 天。在大会上，毛泽东总结了创建井冈山革命根据地的经验，重申建设罗霄山脉中段政权的方针，提出深入开展土地革命，加强革命根据地政权建设、军队建设和党组织建设的任务。

大会选举产生了中共湘赣边界第一届特委，毛泽东任特委书记。为了统一领导边界各县工农兵政府，在宁冈茅坪建立湘赣边界工农兵苏维埃政府。边界各县、区、乡工农兵政府都成立土地委员会领导小组，领导土地革命。按照“深入开展割据地区的土地革命”的方针，掀起了湘赣边界土地革命的高潮。

随着土地革命的不断深入，毛泽东着手制定统一的土地政策来指导边界的土地斗争。1928 年 10 月，《井冈山土地法》经边界党的二大通过。这是中国共产党制定的第一部土地法。通过土地革命的开展和《井冈山土地法》的实施，广大农民获得了梦寐以求的土地。土地革命使井冈山革命根据地获得了最大的群众支持，也使井冈山革命根据地迅速发展。在根据地全盛时期，根据地的面积达 7200 多平方公里，包括宁冈、永新、莲花 3 县全境和遂川、吉安、安福、酃县（今炎陵县）的各一部分，人口 50 多万。

为了粉碎敌人的经济封锁，从经济上巩固和发展井冈山革命根据地，1928 年 5 月，红军军部将军民们打土豪和从战场上缴获的大量首饰及银器具等，运用当地“谢氏花边厂”的铸造技术，在上井村借用农民民房，因陋就简，创办了井冈山红军造币厂。红军造币厂沿用“墨西哥鹰洋”版铸造了首批银圆，并在每块银圆上凿上标志——湘赣边界工农兵政府自己发行流通的金属铸币“工”字印记，称为“工”字银圆。

虽然井冈山造币厂从 1928 年 5 月建立到 1929 年 1 月结束，仅存在了 9 个月，但其建立和“工”字银圆的发行流通，开创了共产党领导造币事业的先河，帮助当年井冈山革命根据地军民度过了艰难的岁月，也为后来的湘赣革命根据地造币厂和中央苏区造币厂积累了经验、奠定了基础，在中国革命政权的货币发展史上占有重要的历史地位。

1928 年 5 月，红军后方医院也在井冈山的“大小五井”建成了，极大地改善了红军伤病员和当地群众的医疗条件。小井红军医院采用木质结构，建筑面积为 920 平方米，分上下两层，共有 32 间病房。1928 年 10 月，湘赣边界党的第二次代表大会决定“建设较好的红军医院”。红军官兵们纷纷将平时发的伙食尾子捐献出来，军民们自己动手，就地取材，投入到红军医院的建设中。1928 年冬，红军医院住院部在小井建成，取名“红光医院”。

由于敌军对井冈山实行严密的封锁，医院的医疗条件极差，医务人员和伤员们一起艰苦奋斗、自力更生、因陋就简，克服了许许多多的困难。一批批伤病员得到医治并重返前线。西药奇缺，医务人员就上山采掘金银花、鱼腥草、散血丹等草药煎给伤病员服用；缺少医疗器具，医务人员就地取材，用木头、竹子等制作成镊子、消毒盆、探针等器具；没有药棉，就将土布洗干净作药棉，一条纱布绷带用了洗、洗了又用，有时用上几十遍直至不能再用为止；没有手术刀，医生们就用盐水泡过的剃头刀、梭镖甚至切菜刀当手术刀使用，用小锯齿的木锯子当作骨锯来给伤员们做手术。在最困难的时候，一点消炎的药水都没有了，就用食盐水，甚至用石灰水给伤员们消炎。

红军师长张子清在一次战斗中，大腿负了重伤，住在小井医院期间，医务人员每天给他一小包食盐洗伤口。可张师长每天只是用茶水洗一洗伤口，而把一包包盐都藏起来。1928 年底，根据地食盐已完全断绝，伤员们已没有一点食盐用的时候，他把所藏的那一包包食盐都捐给那些急需食盐洗伤口的重伤员使用，而他自己的伤口因没有很好地消炎而感染溃烂，最后他献出了宝贵的生命。张师长献盐的动人事迹，至今还在井冈山人民中传颂。

1929 年 1 月 14 日，毛泽东、朱德、陈毅率领红四军主力 3600 余人，从茨坪、小行洲等向赣南出击。彭德怀、滕代远等率部坚守井冈山。1 月 26 日，湘赣两省敌军组织优势兵力对黄洋界、八面山、桐木岭阵地发起猛攻。坚守井冈山的军民与敌激战，打退了敌人多次进攻。1 月 30 日，黄洋界、八面山阵地相继失守。为保存有生力量，彭德怀、滕代远按照边界特委的决定，率红五军主力向遂川方向突破敌人封锁线，开往赣南寻找红四军主力。

点燃“工农武装割据”的星星之火、开辟“农村包围城市、武装夺取政权”革命道路的过程，是一个革命者不断自我反思、锤炼信念、坚定信心的过程。由于井冈山斗争的异常艰苦，党内部分同志对形势和行动问题缺乏正确的认识。为了答复林彪散发的一封对红军前途究竟应该如何估计的征求意见的信，毛泽东在 1930 年 1 月 5 日给林彪写了一封信——《时局估量和红军行动问题》，批评了当时林彪以及党内一些同志对时局估量的悲观思想，回答了有些同志提出的“红旗到底打得多久”的疑问。这封信收录于 1951 年人民出版社的《毛泽东选集》第一卷时，为不引起党内同志对林彪的误解，毛泽东将信改题为《星星之火，可以燎原》。

信中分析了这些问题出现的思想理论来源，指出：（一）现在中国革命的主观力量虽然弱，但是立足于中国落后的脆弱的社会经济组织之上的反动统治阶级的一切组织（政权、武装 、党派等）也是弱的。（二）1927 年革命失败以后，革命的主观力量确实大为削弱了。剩下的一点小小的力量，若仅依据某些现象来看，自然要使同志们（作这样看法的同志们）发生悲观的念头。但若从实质上看，便大大不然。（三）对反革命力量的估量也是这样，决不可只看它的现象，要去看它的实质。（四）现实的客观情况，还是容易给只观察当前表面现象不观察实质的同志们以迷惑。毛泽东坚定地指出“中国革命高潮快要到来”，并生动地把中国革命的高潮比喻为“它是站在海岸遥望海中已经看得见桅杆尖头了的一只航船，它是立于高山之巅远看东方已见光芒四射喷薄欲出的一轮朝日，它是躁动于母腹中的快要成熟了的一个婴儿”。这封信给当时的革命者精神上以巨大鼓舞。

井冈山革命根据地是中国共产党建立的第一个根据地。它点燃了“工农武装割据”的星星之火，成功开辟了“农村包围城市、武装夺取政权”的具有中国特色的革命道路。井冈山革命根据地的建立，是中国革命斗争史上的伟大创举，为中国共产党领导的各地武装起义树立了光辉的榜样。它标志着中国革命开始走上了建立农村根据地，以农村包围城市，最后夺取全国胜利的正确道路。

一辈子跟党走

巍巍井冈山，是革命斗争的出发地，也是理想信念的新高地。“坚定执着追理想、实事求是闯新路、艰苦奋斗攻难关、依靠群众求胜利”的井冈山精神，是革命先辈在艰苦岁月中，用青春、热血和生命点燃的精神火炬，也是一代又一代共产党人不灭的精神航灯。在井冈山革命博物馆，一幅幅生动的图片、一份份珍贵的文件、一件件斑驳的武器……仿佛让我们回到了当年血与火的

▲ 井冈山主峰

峥嵘岁月，向我们讲述着井冈山老红军的动人故事。

开国上将李聚奎，参加平江起义后上井冈山时曾坚定地表示：“我这一辈子跟党是跟定了，党让我干什么，我就干什么！”从此，无论多么艰难困苦，他都以自己的行动践行着对党的誓言。李聚奎上将去世后，为子女留下了两件遗物：一件是他亲手抄录的《三大纪律八项注意》，一共抄了 5 份，给 5 个子女每人一份；另一件是他亲笔写的“八十自勉”：“纵然给我更大的权力，我也决不以权谋私；纵然给我更多的金钱，我也决不丢掉艰苦奋斗；

纵然让我再活 80 岁，我也决不止步不前。”

井冈山革命根据地创始人之一滕代远，他的长子滕久翔从小就被留在家乡，听说自己的父亲在北京当了铁道部部长，就千里迢迢来到北京探望，期望父亲给自己在北京安排工作，改变家里的困境。滕代远却劝说儿子回家，说：“按父子情分，我应该在北京为你找个事做。但我是共产党的干部，只能全心全意为人民服务，绝没有以职权谋私利的权力，部长更不能例外。再说，你在老家上有祖母，下又有爱人和孩子，你不能把这副担子交给当地政府和人民啊！你应该回去。”

井冈山时期曾任红四军军需处文书的开国中将谭冠三，中华人民共和国成立初期作为十八军政委带兵进藏。他和夫人李光明在进军西藏之前，先后把不满周岁的女儿和出生才 7 天的幼子送给了内地老乡。虽然后来这两个孩子都被找到了，但谭冠三还是坚持让孩子留在农村，让他们安心当一辈子农民。

参加过井冈山保卫战的王政柱将军，他的母亲在送儿子参军后，每天都会蹚过村前冰冷的小河，站在村口翘首盼望儿子回来。母亲的身影成了乡亲们脑海中对村口最为熟悉的记忆。思儿心切时，母亲常一个人拄着木棍沿着有部队行军的方向，在弥漫的硝烟中沿途打听，寻找自己的儿子。遗憾的是，老人家直到去世也没等到朝思暮想的儿子回来。中华人民共和国成立后，王政柱急着回家见母亲，堂兄把他带到了一座土坟前。见到母亲的遗像，王政柱双手刨着坟堆，指甲渗着鲜血，泣不成声。

1998 年 6 月 21 日，担任过小井红军医院党总支书记的曾志，走完了 87 年的生命历程。家人在整理遗物时，发现了许多个泛黄的工资袋，袋里装着曾志每月省吃俭用余下的工资，这样的工

▲ 井冈山“胜利的号角”雕塑

资袋一共有 87 个。曾志在遗嘱中要求女儿陶斯亮把钱连同工资袋都交给中组部老干部局党组织，并转告组织："这都是我的辛苦钱，每一笔都是清白的。"曾志去世后，家人遵其遗愿，将她的一部分骨灰撒在了井冈山小井村的一棵树下，没有立墓碑，只在树旁的一块石头上镌刻了"魂归井冈"四个字。

不忘初心，魂归井冈！这就是井冈山老红军的一生，甘于平凡，却又如此崇高！

"井冈山，两件宝，历史红，山林好。"如今的井冈山，美丽的挹翠湖碧波荡漾，茨坪街头车水马龙，八方游客欢声笑语。在小井村，当年红军医院 100 多位来不及转移的红军伤病员壮烈牺牲的地方，生长着一片葱郁挺拔的井冈竹。青青井冈翠竹宛似千顷碧涛，迎风摇曳婆娑，它们传颂着井冈山精神，也展现着新时代绿色井冈山的美丽画卷。

第二节
人民军队的摇篮——南昌

1927年夏，南昌城格外闷热。已经入夜了，天幕沉沉地低垂着，却没有一丝风，被太阳炙烤过的地面像蒸笼一样，嗞嗞地冒着热气。南昌市中心的江西大旅社中灯火通明，周恩来正带领着一群人紧张而又有条不紊地忙碌着。夜越来越深，城市越来越静。突然，一声枪声响起，划破了寂静的夜空，刺穿了沉闷的天宇。

那一枪，为中国革命打出了一片新天地，打出了一支光荣而伟大的军队。

危难中奋起

1927 年，全国笼罩在一片血腥的白色恐怖之下。

4 月 12 日，蒋介石突然在上海发动反革命政变，屠杀共产党人。4 月 18 日，蒋介石在南京成立国民政府，史称“南京国民政府”。南京国民政府成立后，便着手“清党”，明令通缉共产党员、国民党左派和其他革命活动家 190 余人。江苏、浙江、安徽、福建、广东、广西等省区相继以“清党”为名，大规模抓捕、杀害共产党员和革命群众。4 月 28 日，中国共产党主要创始人之一的李大钊在北京英勇就义。大革命遭受严重挫折，中共中央迁往武汉。

号称国民党“左派领袖”的汪精卫取得武汉国民党中央和国民政府的领导地位后，迅速右转。1927 年 7 月 15 日，汪精卫召开国民党中央常务委员会扩大会议，以“分共”的名义，正式同共产党决裂，公开背叛革命。随后，汪精卫集团喊出了“宁可枉杀千人，不可使一人漏网”的口号，对共产党员和革命群众进行疯狂的大逮捕、大屠杀。至此，第一次国共合作全面破裂，轰轰烈烈的第一次国内革命战争宣告失败。

血的教训擦亮了人们的眼睛。中国共产党人认识到，没有革命的武装就无法对付反革命的武装，没有一个人民的军队，就没有人民的一切。他们没有被反动派的嚣张气焰所吓倒，而是从血泊中英勇地站起来，首先在江西的土地上开始了武装反抗。

1927 年 7 月中旬，中共中央临时政治局常委会派遣李立三、邓中夏等人赴江西九江，准备联合统领国民革命军第二方面军总指挥张发奎，组织中国共产党掌握和影响的国民革命军中的一部分武装力量，举行武装起义，并南下广东，与当地革命力量会合，建立革命根据地。然而，此时的张发奎积极支持汪精卫，已开始

八一南昌起义纪念塔
1927·8·1
第七届世界军人运　会火炬传递
7th CISM Military World　mes Torch Relay
创军人荣耀 筑世界和平
Military Glory World Peace
▲ 八一南昌起义纪念塔

在第二方面军中迫害共产党人。因此，中共中央听取了李立三等人的意见，决定放弃依靠张发奎的计划，转而进行独立反对南京和武汉的国民党政府的军事行动，在南昌举行武装起义。

在这个生死存亡的危难关头，时任中共中央临时政治局常委的周恩来临危受命，挑起了历史重担。中央决定任命周恩来为书记，由周恩来、李立三、恽代英、彭湃等组成中共中央前敌委员会，前往南昌组织和领导这次起义。

7 月 27 日，周恩来肩负着组织和领导起义的重任，从武汉风尘仆仆地赶到了南昌。

这时候，形势越来越危急了。

当时准备参加起义的部队主要有：由共产党员叶挺率领的国民革命军第十一军第二十四师，驻扎在九江；由共产党员周士第任团长的第四军第二十五师七十三团，驻扎在南浔路马回岭车站；新从鄂东开来九江由贺龙率领的第二十军。这三支部队均属国民革命军第二方面军建制，系张发奎部属。此外，还有朱德为团长的第五方面军第三军军官教育团，以及南昌市公安局保安队等，共计 2 万余人。

就在中共秘密进行起义准备工作时，国民党武汉政府也加紧了军队中的“清党”活动。汪精卫坐镇庐山举行反共军事会议，张发奎受命后，密谋以通知叶挺、贺龙上庐山开会为名，趁机解除他们的兵权，再将叶挺和贺龙部调到德安一举歼灭。这个消息，让潜伏在敌人内部的一名共产党员心急如焚，他就是时任国民革命军第四军参谋长的叶剑英。情急之下，叶剑英连夜下山，火速赶赴九江，找到贺龙和叶挺通报情况。在九江甘棠湖的一条小船上，三人秘密开了一个“小划子会议”。紧急商议后，决定贺龙和叶挺的两支部队迅速向南昌集结。两部于 7 月 27 日、7 月 28

▲ 南昌八一起义指挥部旧址

日先后到达南昌。

南昌即将迎来历史性的英雄时刻。

打响了第一枪

在喧嚣繁华的南昌城中心，有一座首屈一指的高大建筑，是中西合璧式的砖泥结构，高四层，外观呈银灰色。这便是曾经盛极一时的江西大旅社。大旅社地处闹市，原由当地商人集资兴建，建成于 1924 年。整栋大楼呈回字形布局，中间是天井，房间环绕天井排列。整个屋顶是个大平台，在平台北端有一个两层小楼和一根旗杆，在此可凭栏俯瞰南昌全城。

中国共产党领导的南昌起义的总指挥部就设在这里。

起义前夕，刘伯承、林伯渠、吴玉章、徐特立、恽代英等许多党的重要干部和一些著名活动家、进步人士都秘密地集中到南昌。为了便于工作，贺龙根据党的指示，以第二十军第一师的名义包租下江西大旅社，并把师部设在这里。

7 月 27 日，在江西大旅社的喜庆厅中，周恩来主持召开了前委扩大会议，朱德、刘伯承、恽代英、彭湃、叶挺、聂荣臻等参加，会议决定30日举行起义。为统一指挥起义部队的作战行动，任命贺龙为第二方面军代总指挥，叶挺为代前敌总指挥。当时，贺龙还不是共产党员，但他一直坚定地站在共产党和工农大众一边。起义胜利后，在艰苦的南征途中，贺龙提出了入党要求，之后在瑞金光荣地加入了中国共产党。

在喜庆厅的旁边，就是军事参谋团的办公地点，是起义的最高军事指挥机关。周恩来则住在大旅社二楼 25 号房间。在这间狭小而简朴的客房中，周恩来夜以继日地工作着，筹划和指导有关起义的各项活动，与国民党左派进步人士研讨起义政纲宣言和革委会的人事安排，与全国各地工农运动领袖座谈，接见南昌地区的群众代表等。在大旅社的二楼、三楼，则汇聚着来自全国的革命精英，他们在一起商讨政纲，交流经验，研究各地区今后如何开展工作。革命委员会的各种通告、宣言和任职命令，源源不断地从这里发出。

正当起义准备工作紧张进行时，7 月 30 日晨，张国焘以中央代表的身份赶到南昌。这样的生死关头，张国焘却提出了阻碍起义的意见，遭到周恩来和前委的一致反对和否决。

前委最终确定，8 月 1 日凌晨 4 时举行起义。

7 月 31 日下午，根据前敌委员会书记周恩来的指示，叶挺拟定起义作战命令：“我军为达到解决南昌敌军的目的，决定于明（一）日四时开始向城内外所驻敌军进攻，一举而歼之！”随后，

▲ “打响第一枪”雕塑

八一

这份作战命令以起义军总指挥贺龙的名义向全体公布。

就在起义军个个摩拳擦掌，准备投入战斗的时候，又发生了变故。第二十军一名副营长突然叛变，向敌人告密。前委当机立断，将起义时间由凌晨4时提前为凌晨2时。

而在南昌城的另一头，朱德正在导演一出“调虎离山”的好戏。原来，周恩来来到南昌的当天，找朱德一起商议起义方案时，朱德便主动请缨，提出了“设宴请敌军团长，加速瓦解敌军”的妙计。周恩来听后，欣然同意。

1927年7月31日晚，遵照前委的部署，朱德利用他的威望和社会关系，宴请国民革命军第三军第二十三团团长卢泽明、第二十四团团长肖日文和一个副团长到嘉宾楼吃饭。晚饭后，又请他们到大士院32号打麻将。大士院在城西，敌二十三团、二十四团驻地在城东。拖住这几个敌团长，就为解除这两个团的武装创造了条件。到了牌桌，敌团长纷纷入局，他们的卫兵也被朱德支到外面吃酒寻乐去了。朱德暗中嘱咐自己的卫兵，阻止来访人员，严密监视这几个敌团长，并趁机拿走他们的武器。

8月1日凌晨，起义时刻快到时，朱德借故离席，佩好手枪，做好起义前的准备。当起义枪响时，几个敌团长急忙寻找自己的武器。这时候，埋伏在门外的起义军一拥而入，三个敌团长成了俘虏。三个敌团长被扣押，大大地削弱了南昌守敌的指挥力量，有力地配合了起义的战斗。

8月1日凌晨2时，在周恩来、贺龙、叶挺、朱德、刘伯承等人的领导下，南昌起义爆发了。起义部队以“山河统一”为口令，领系红领带，膀扎白毛巾，在马灯和手电筒上贴红十字，向驻守总指挥部、新营房、大营房、老营房、天主堂、牛行车站等处的敌军发起猛烈进攻。

战斗打得最激烈的是进攻敌军总指挥部。敌军的精锐部队驻扎在这里，并且已得到叛徒告密，加强了防守。他们利用鼓楼、端表楼等制高点，用火力封锁起义军出击的街道，并向二十军指挥部猛烈扫射。在激战时刻，贺龙、刘伯承、周逸群冒着枪林弹雨，站在小楼门前的台阶上镇静沉着地指挥战斗。经过几个小时的激战，起义军最后攻克了敌指挥部这一顽固堡垒。

由于指挥正确、部署严密，起义部队经过4个多小时的激战，歼灭守敌3000余人，占领了南昌全城。起义胜利后，革命的旗帜在总指挥部（江西大旅社）的楼顶高高飘扬。当日下午，驻守在九江马回岭的第二十五师在聂荣臻、周士第率领下起义，于8月2日到达南昌集中。

八一南昌起义，是中国共产党直接领导的带有全局意义的一次武装暴动。它打响了武装反抗国民党反动派的第一枪，用血与火的誓言，宣告了中国共产党人不畏强暴、坚持革命的坚强决心。

它在全党和全国人民面前树立了一面革命武装斗争的旗帜，标志中国共产党独立领导革命战争、创建人民军队和武装夺取政权的开始。

军旗升起的地方

1927 年八一南昌起义后，中国共产党领导各地武装起义，建立工农革命军，南昌成为人民军队“军旗升起的地方”。

南昌起义后，在周恩来的主持下，对起义部队重新整编，起义部队仍沿用国民革命军第二方面军番号，由贺龙任第二方面军总指挥，叶挺任副总指挥兼前敌总指挥。第二方面军下辖 3 个军，均配备了党代表。整编后的起义军共 17 个团外加 4 个营，是在革命低潮时期中国共产党完全领导的第一支革命军队。真正属于人民的新型军队诞生了。

南昌起义以及起义后的部队整编，蕴含了后来中国共产党建军的一系列光辉思想，为人民军队的建设提供了极其宝贵的经验。

首先，初步实践了党对人民军队的绝对领导。南昌起义不是由军人将领领导的，而是自始至终由中国共产党领导的。起义的最高领导机构是以周恩来为书记的前敌委员会。起义后的部队整编，各军、师、团都配备了由共产党员担任的党代表、政治部主任、指导员等职，从上到下逐步确立了党对军队的统一领导和指挥。

其次，为人民军队的发展找到了根本出发点和归宿。起义前，中共中央明确提出革命暴动的目的：一是推翻新旧军阀政权，建立民众的工农政权；二是实行土地革命。是否为这两个目的而战斗，是区别人民军队与国民党新军阀的标志。革命军队是属于人民的，它的使命是要为人民而奋斗。南昌起义的实践，让人民军队初步明白了为谁服务、为谁打仗这一根本问题。

第三，突显了思想政治工作对军队建设的重要作用。政治建军是中国共产党军队建设的传统，这一思想在南昌起义时就已出现。在整个南昌起义过程中，党都非常重视对部队的思想政治教育。起义前，各级指挥员分别召集所属军官开会，进行起义动员，阐明起义的重大意义。起义后，前敌委员会和起义领导人不断向广大官兵宣传革命的道理和党的方针政策，发布了一系列《告同志书》《告全体官兵书》的文章，宣传武装反抗国民党反动派的道理，明确了部队纪律，坚定了士兵意志。

南昌起义的胜利使国民党反动派极为震惊。8 月 2 日，汪精卫急令张发奎、朱培德等部向南昌进攻。8 月 3 日起，中共前委按照中共中央原定计划，指挥起义军从 8 月 3 日至 5 日，分批撤出南昌，取道临川（抚州）、宜黄、广昌，计划经瑞金、寻邬（今寻乌县）进入广东省，以期恢复建立广东革命根据地，并占领出海口，取得国际援助，然后重新进行北伐。

起义军撤离南昌向广东进军途中，由于时间仓促，部队未经整顿，加上酷暑远征，部队减员较多。起义军行进至进贤县时，在起义时就表现出动摇的第十师师长蔡廷锴，率部脱离起义军。起义军在南下途中同前来堵截的国民党军队进行多次激烈的战斗，虽然取得了重大胜利，但本身也遭受了很大伤亡。

9 月下旬，起义军攻占广东潮安（今潮州市）、汕头后，主力部队经揭阳向汤坑西进。这些部队于 10 月初在敌人优势兵力的围攻下均遭受严重失败。起义军失利后，革命委员会和起义军领导人分散转移，一部分转入海丰、陆丰地区，与当地农军会合，继续坚持斗争，一部分由朱德、陈毅率领，经过“赣南三整”、湘南起义后，于 1928 年 4 月到达井冈山同毛泽东领导的湘赣边界秋收起义部队会合。朱、毛会师后组成工农革命军第四军，为进一步巩固和扩大井冈山革命根据地创造了条件。

1933 年 7 月 11 日，中华苏维埃共和国临时中央政府根据中央革命军事委员会的建议，决定将 8 月 1 日定为中国工农红军成立纪念日。从此，8 月 1 日成为中国工农红军，也就是后来的中国人民解放军的建军节。南昌也因此成为人民解放军的诞生地，被誉为“英雄城”。

岁月峥嵘，情怀不改。1954 年，朱德重回南昌军官教育团的旧址，他抚摸着自己当年使用过的办公桌，感慨万千，当即挥毫写下题词“发扬革命传统，努力学习马克思列宁主义，把我国建设成为一个伟大的社会主义国家”。

悠悠赣江水奔流不息，在建设伟大的社会主义国家的征途上，“英雄城”南昌迈上了新的台阶。

第三节
共和国的摇篮——瑞金

1931年初冬，古老的瑞金城从来没有这么热闹过。太阳冲破云雾，在大地上洒下暖暖的银辉，树木摇曳的枝头也泛起了斑斓的光晕。在叶坪村的广场上，一队队红军战士昂首挺胸，整齐地排列着。四周围满了群众，个个笑逐颜开，喜气洋洋。毛泽东、朱德、周恩来等风华正茂的年轻领导人满面笑容，在群众的掌声和欢呼声中，迈着大步登上了主席台。阳光朗朗地照过来，那个用竹木搭起来的简易主席台，顿时显得金光闪闪，熠熠生辉。

一个崭新的苏维埃共和国迎着朝阳诞生了。

中华苏维埃共和国

瑞金建县已有千余年的历史。这座江西省东南边陲的小山城，地处武夷山脉西麓，与福建省长汀县相邻。由于自古产金，“掘地得金，金为瑞”，是吉祥之意，故名瑞金。瑞金是客家人的主要聚居地和客家文化的主要发祥地，更是蜚声海内外的红色故都、共和国的摇篮、人民代表大会制度的发祥地，是土地革命战争时期中央革命根据地（亦称中央苏区）的心脏。

中央苏区是毛泽东、朱德等直接领导苏区军民在赣南、闽西红色割据区域的基础上开辟、打造出来的。

1929年1月，毛泽东、朱德率领红四军主力从井冈山突围后，转战赣南、闽西等地，揭开了创建中央革命根据地的序幕。此后，利用蒋桂战争的有利时机，赣南、闽西的革命斗争如火如荼地向前发展。红军先后占领了于都、兴国、宁都县城，建立了赣南三县红色政权，赣南革命根据地初步形成。随后，红军二次入闽，三克龙岩，攻占上杭，建立了永定、龙岩、上杭红色政权，闽西

▲ 中华苏维埃共和国临时中央政府旧址

革命根据地初步建立起来。至 1930 年年初，赣西南有 14 个县建立了红色政权，闽西各县共建立 69 个区苏维埃政权、597 个乡苏维埃政权。

赣南、闽西革命根据地的创建，在国内外产生了重大影响。中共中央决定将这里建设成为中央革命根据地。1931 年 1 月 15 日，中共苏区中央局在宁都小布成立；同时，又在小布成立了苏维埃中央革命军事委员会。这是赣南成为中央革命根据地的重要标志。

1930 年底至 1931 年 9 月，毛泽东、朱德指挥红军和根据地群众，连续粉碎了国民党军队的三次“围剿”，把赣西南和闽西根据地连成一片，使中央苏区范围扩大到 2 省 21 个县的广大地区。中央革命根据地正式形成。根据革命根据地和红军的发展形势，中共中央决定以赣南、闽西根据地为依托，建立苏维埃中央政府。

红色照亮了瑞金。

1931 年 11 月 7 日，刚满 10 岁的中国共产党在瑞金宣告成立崭新的国家政权——中华苏维埃共和国临时中央政府，并首次以国家形态登上中国政治舞台，开始治国理政的伟大预演。

11 月 7 日至 20 日，中华苏维埃第一次全国代表大会在江西瑞金叶坪村举行。来自中央革命根据地和闽西、湘赣、湘鄂赣、湘鄂西、豫东北、琼崖各革命根据地及红军、全国总工会、海员总工会的610名代表出席了大会。7日上午，在叶坪广场上举行了隆重的阅兵典礼。下午大会开幕，项英致开幕词。晚上，时任瑞金县委书记的邓小平为大会精心准备了提灯庆祝晚会，将庆祝活动推向高潮。为确保大会安全，大会筹委会还在福建省长汀县近郊设置了一个假会场迷惑敌人。

大会通过了《中华苏维埃共和国宪法大纲》、土地法、劳动法和关于经济政策的决定等法律文件,选举了毛泽东、朱德、项英、张国焘、周恩来、瞿秋白、方志敏等63人为中央执行委员会委员，组成中央执行委员会。在随后举行的第一次中华苏维埃共和国中央执行委员会第一次会议上，毛泽东当选为中央执行委员会主席和中央执行委员会人民委员会主席。

大会发表了《中华苏维埃共和国临时中央政府对外宣言》，向全世界庄严宣告，中华苏维埃共和国临时中央政府成立，以瑞金为首都，并改名为“瑞京”。瑞金成为全国苏维埃运动的大本营和领导指挥中枢。中共中央、苏区中央局、苏维埃中央政府、中央革命军事委员会等党、政、军、群首脑机关，以及临时政府下设的外交、军事、劳动、财政、土地、教育、内务、司法、工农检察等部委和国家政治保卫局都设在瑞金，一道道红色电令从瑞金发往全国各地苏区。

1934年1月22日至2月1日，中华苏维埃第二次全国代表大会在瑞金沙洲坝召开。大会通过了修改后的宪法大纲、国旗、国徽、军旗等，并决定去掉“临时”二字，正式成立中华苏维埃共和国中央政府，毛泽东继续当选为中央执行委员会主席，张闻天当选为中央执行委员会人民委员会主席。瑞金成为名副其实的“红都”。

因此，数十年之后，当中央各部委机关想要追根溯源时，都不约而同地来到了瑞金。自1995年新华通讯社第一个在瑞金“寻根问祖”、修复革命旧址以来，先后有51个中央机关和国家部委来瑞金重续“红色家谱”，建立爱国主义和革命传统教育基地。

如果说，历史上吃苦耐劳、开拓进取的客家文化为瑞金奠定了奋斗的基石，那么，艰苦的革命岁月中“红色故都”的洗礼则为瑞金铸就了不朽的红色灵魂。中国共产党领导人民在中央苏区进行的建立新兴国家政权的伟大实践，为中国革命的最终胜利奠定了基础，瑞金也以“共和国摇篮”之称彪炳史册。

谁持彩练当空舞

中华苏维埃共和国是中国共产党领导红军和苏区群众，用鲜血和生命建立并捍卫的。红军从井冈山下来时只有 3600 余人，在中央苏区发展到 10 余万人；在苏区一至四次反“围剿”中，红军打败敌军 60 万，歼敌 2 万多，用枪杆子打出了一个红色政权。

赣南大地上，处处是血与火的记忆。这里的每一寸土地都见证过中国革命的激情与理想，每一株松柏都诉说着红军将士的英勇与壮烈。

为了粉碎国民党反动派对井冈山革命根据地的第三次“会剿”，1929 年 1 月 14 日，毛泽东、朱德和陈毅率领红四军主力第二十八团、三十一团和军部特务营 3600 余人向赣南、闽西进军。红军一下山，国民党就派出两个旅的兵力轮番追击红军，企图把红军全歼于赣南地区。红军在遂川、大庾（今大余县）和寻邬（今寻乌县）等地与敌人激战，沿途五战皆告失利。敌军重兵始终紧紧尾追。

就在这一年的除夕夜，红四军来到瑞金大柏地。这里是瑞金的北部山区，从麻子坳到杏坑是一条长约 10 余里的狭长地带，两边重峦叠嶂、山林茂密，沟底只有一条羊肠小道自南向北通往宁都，是兵家开展伏击战的好阵地。毛泽东沉着调兵，决定在大柏地麻子坳布下“口袋阵”，正面迎敌。当日午后，红四军分三路进入阵地，在麻子坳至杏坑的山谷之中隐蔽待敌。

▲ 瑞金革命旧址

下午3时左右，尾追的敌军——国民党赣军独立第七师刘士毅部一路摇旗呐喊，向大柏地开进。当敌人进至麻子坳时，我方中路红军突然向敌军发起攻击，并边打边退，引诱敌人进入我军伏击圈内，左右两翼红军以迅雷不及掩耳之势迂回敌后，截断了敌人的退路，把敌人围困在麻子坳至杏坑的山谷中。敌军成了瓮中之鳖，无法突围。

次日拂晓，红军向敌人发起了总攻，密集的火力射向敌阵，敌人渐渐招架不住。这时，山头上冲锋号声四起，红军指战员像猛虎下山般杀入敌阵，与敌人展开了激烈的肉搏战，把敌人打得焦头烂额，狼狈不堪。上午11点钟，大柏地战斗宣告胜利，红军活捉敌团长肖致平、钟桓，俘敌800余人，缴枪800余支。

大柏地战斗的胜利，使红军摆脱了敌人的尾追，取得了红四军从井冈山下来后的首次胜利，一举扭转了战局，同时扩大了党和红军的政治影响，大振了军威，为开辟新的革命根据地打开了局面。

陈毅元帅说，大柏地战斗是红军建军以来的最荣誉之战。1933年夏，毛泽东下基层调研时，途经大柏地，看到前村的战斗痕迹，回顾当年激烈的战斗场景，以无产阶级革命家的澎湃激情，写下了一首气象苍茫、境界阔大的词章《菩萨蛮·大柏地》：

赤橙黄绿青蓝紫，谁持彩练当空舞？雨后复斜阳，关山阵阵苍。

当年鏖战急，弹洞前村壁。装点此关山，今朝更好看。

是谁，手持彩练在空中挥舞？是谁，把青山装点得如此美丽？是英勇的红军将士和苏区群众啊！

“赣水苍茫闽山碧，横扫千军如卷席。”1930 年秋至 1931 年秋，在毛泽东、朱德的指挥下，红军三次诱敌深入，打破了敌人的三次“围剿”，形成了以瑞金为中心的中央革命根据地。

1931 年 9 月，第三次反“围剿”胜利后，作为红三军军长的黄公略率领部队转移途中，在吉安东固遭到敌机袭击，不幸中弹牺牲，年仅 33 岁。黄公略是在革命斗争中成长起来的红军将领，作战勇敢，意志坚定。1930 年，毛泽东率领红四军从闽西向长沙进军的途中，曾写下《蝶恋花·从汀州到长沙》一词，用“赣水那边红一角，偏师借重黄公略”两句，给予黄公略高度评价。

听到黄公略牺牲的消息后，毛泽东非常悲痛。第二天，毛泽东在兴国莲塘主持了黄公略的追悼大会，高度赞扬了黄公略的一生，并在主席台两侧写了这样一副挽联：“广州暴动不死，平江暴动不死，而今竟牺牲，堪恨大祸从天落；革命战争有功，游击战争有功，毕生何奋勇，好教后世继君来。”

▲ 红军烈士纪念塔

正是无数像黄公略一样的共产党人，用鲜血和生命捍卫了人民的政权。为了褒扬先烈，永远纪念在革命战争中光荣牺牲的红军指战员，苏维埃中央政府在叶坪村的红军广场上，兴建了一座红军烈士纪念塔。纪念塔塔高13米，塔座为五角形，塔身为炮弹形，上面布满一粒粒小石块，象征着由无数革命烈士凝结而成。塔的正前方地面上用煤渣铺写着“踏着先烈血迹前进”八个苍劲大字。

1934 年 2 月 2 日上午 8 时，中央政府隆重举行了红军烈士纪念塔揭幕典礼。中央军委主席朱德走上塔座，介绍了红军从井冈山斗争以来英勇战斗的经过、被国民党屠杀的五六十万革命志士以及红军领袖黄公略等同志牺牲的情形。朱德号召大家要继承先烈遗志，踏着先烈血迹前进，彻底粉碎敌人的第五次“围剿”。

1934 年 10 月，红军主力长征后，红军烈士纪念塔被敌人拆毁，当地群众在沉痛和愤怒之余，冒着生命危险，把红军烈士纪念塔被拆除后仅存的完整的“烈”字抬回家里藏起来，一直珍藏到全国解放。

人民的大礼堂

到 1933 年秋，中央根据地发展到全盛时期，总面积约 8.4

万平方公里，总人口约450万，较长时间占领的县城有24座。中央政府不仅在这里进行武装割据，打响反“围剿”的武装斗争，还积极开展经济建设，发展农业、工业、对外贸易和合作社事业；不但宣传马克思列宁主义，开展思想政治教育，还建立了新的婚姻制度，实施广泛的社会教育。中国共产党在这里演绎了自己的文韬武略，创造和积累了治国安邦的领导艺术，积累了宝贵的执政经验。

抓春耕、促生产是头等大事。为了发展苏区农业生产，支援革命战争，1932年冬，临时中央政府颁布了《关于春耕问题的训令》，号召苏区民众为增加二成收获而斗争。瑞金县武阳区委和区苏维埃政府组织全区民众，充分调动民众积极性，在解决劳力、耕牛、水利、肥料及开垦荒田荒地等项工作中，做出了优异成绩，成了春耕生产的模范，多次受到临时中央政府的表扬。临时中央政府决定以点带面，总结推广瑞金武阳区的革命、生产经验。

1933年5月19日，临时中央政府主席毛泽东率领中央政府代表团来到武阳，召集14000多名军民，开了一场别开生面的春耕生产运动赠旗大会。毛泽东在会上热情洋溢地说，武阳区和石水乡的革命、生产搞得好，发动妇女、儿童参加劳动好，大家都要向武阳区学习！然后，毛泽东亲自把“春耕模范”奖旗授予武阳区和石水乡。在先进模范地区的带动下，整个苏区掀起了发展农业生产的高潮。

为了活跃中央苏区的经济，促进工农业生产和合作社运动发展，1932 年 2 月 1 日，中央政府成立了国家银行，设在瑞金市叶坪村。国家银行刚成立时，只有 5 名工作人员，行长是毛泽民，再加会计、记账、出纳、杂务各一人。国家银行先后发行了壹圆、伍角、贰角、壹角、伍分五种面值的苏维埃纸币，铸造了伍分、壹分的铜币和少量苏区银币、银圆，以及可在白区流通的“大头洋”“小头洋”等。

毛泽民作为国家银行行长，是苏区的“财神爷”，但他生活非常简朴，吃得很简单，穿得很朴素，从不将公家的钱作为己用。1933 年，毛泽民兼任闽赣两省苏维埃政府财政部部长。有一次，毛泽民参加闽赣两省省委会议到深夜，大家的肚子都饿了，邵式平笑着说：“泽民同志，开开恩搞点东西吃吧！肚子都要造反了。”毛泽民也笑着说：“不行呀，邵大哥！财务上没有这笔开支，你就让肚子唱唱空城计吧！”

在思想政治宣传战线上，邓小平功不可没。中华苏维埃共和国中央革命军事委员会成立后，下设总政治部，创办了《红星》机关报，邓小平任主编。《红星》报倾注了邓小平大量心血。当时整个编辑部只有两个人，除他自己外，只有一名通讯员给他做帮手。从组稿、写稿、编辑加工，到版面设计，几乎全由他一个人包干。在邓小平的努力下，《红星》报办得非常灵活，内容丰富，形式多样，通俗易懂，深受广大指战员的喜爱。

各项工作走上正轨后，就可以兴土木、搞建设了。

在瑞金市叶坪村的红军广场上，有一座红军检阅台。第一次全国苏维埃代表大会召开时，毛泽东、朱德等领导人登台检阅了红军。后来，红军部队的表彰、集会、演讲和文艺演出都在这里举行。这个检阅台是用竹木临时搭成的，比较简易。1933 年，临时中央政府决定重修检阅台，将原来的竹木结构改为砖木结构。时任中革军委政治保卫局局长的钱壮飞亲自担纲设计，仅用半年时间便顺利竣工了。

1933 年 4 月，临时中央政府从叶坪搬到沙洲坝后，为召开“二苏大会”，决定在沙洲坝老茶亭村的树林中，建造一栋规模大、造型美，具有苏维埃共和国标志的临时中央政府大礼堂。

大礼堂图纸设计的任务同样交给了钱壮飞。设计完成后，从江西和福建选调了 200 多名技术人员和建筑工人，负责大礼堂的具体施工任务。大礼堂于 8 月 1 日动工兴建后，毛泽东经常到工地慰问工人，工人们都说：“这是我们自己选出的代表集会之处，请主席放心，我们一定会按时间、保质量把大礼堂建好。”在大家的不懈努力下，最终只用了 4 个月时间，一座宏伟的建筑就拔地而起。

大礼堂整个外形非常别致，从空中往下看，就像一顶红军的八角帽。在大礼堂的门首上方，镶嵌着“中华苏维埃共和国临时中央政府”14 个大字。整个建筑用了 48 根木柱，为防止被敌人空军发现，这些木柱都是原有的大树，树顶上的枝丫都还保留着，是很有创意的。整个大礼堂楼上楼下可容纳 2000 余人，除此之外，还有三个特点：一是门多，便于疏散，在这四周共有 17 道门；二是视线好，无论坐在大厅内的哪个位置，都可以看见主席台；三是回音效果佳，不用麦克风，就可以清晰地听到台上的讲话。另外，在大礼堂的北侧 10 米处，还修筑了一个回字形防空洞，可容上千人。

1934 年 1 月 22 日至 2 月 1 日，第二次全国苏维埃代表大会就在这座大礼堂中举行，出席大会的正式代表有 693 人，候补代表 83 人，旁听代表 1500 人左右，大会取得了圆满成功。后来，中央政府的许多重要会议，如工农红军第一次全国政治工作会议、红军家属代表大会等，都是在大礼堂内召开的。

一切都是那么欣欣向荣。

苏维埃政权的光辉实践，为毛泽东思想注入了新的血液。这一时期，毛泽东在开展调查研究、进行科学总结的基础上，进一步根据中国具体国情发展马克思列宁主义，相继撰写了《关于纠正党内的错误思想》《星星之火，可以燎原》《反对本本主义》

《我们的经济政策》《关心群众生活，注意工作方法》等论著，对党的思想路线、中国革命道路、土地革命的路线和政策、革命根据地的建设、党的建设、经济文化建设等方面的问题进行了深入阐述，正式提出中国革命必须走农村包围城市道路的理论。毛泽东思想的基本框架初步形成，思想灵魂初步显现。

至此，开启了马克思主义中国化的伟大历程。

吃水不忘挖井人

“人”字当先，“民”字为重，是苏区红色政权的显著特点之一。1934 年 1 月 22 日，毛泽东在“二苏大会”上作题为《关心群众生活，注意工作方法》的报告，标志着党的群众路线理论初步形成。

身居中华苏维埃共和国中央政府主席、中共苏区中央局委员等职位的毛泽东始终非常关心群众，总是积极帮助群众解决生活困难。中共苏区中央局成立之初，机构不完善，人员也不能到位，一直随红军总部行动，几经辗转，1931 年 9 月从永丰龙岗迁来瑞金时，曾借住在一栋谢氏私宅中。当时，毛泽东、周恩来、朱德、王稼祥、任弼时以及部分工作人员都在这栋房里居住和办公，楼下则是群众住房。在一楼居住的谢大娘房间很暗，即使在白天也要点煤油灯才能干活。毛泽东知道后，就指示贺子珍叫来当地的木匠。毛泽东亲自设计，将屋面部分小青瓦换成玻璃瓦，再把影响光线照射的楼板锯成天窗。光线透过天窗，照进谢大娘的房间，谢大娘白天做事再也不用点煤油灯了。

1933 年 4 月，临时中央政府从叶坪迁到沙洲坝。沙洲坝是个干旱缺水的村庄，当地村民非常迷信，认为挖井会破坏当地的风水，因此没有谁敢擅自开挖，群众平时要到几公里外的小河里挑水饮用，农忙季节只能挑村前的脏塘水。村外的人都说：“沙洲坝，沙洲坝，三天不下雨，无水洗手帕，旱死老鼠渴死蛙，有

▲ 红井

女莫嫁沙洲坝。”

毛泽东发现村民饮水困难后，召集全村的人开了一次解决饮水困难的村民大会。在会上许多群众说：“这个地方不能挖井，挖井会受到报应，就是挖也不一定能挖出水来，这个地方是旱龙。”毛泽东听了，哈哈大笑说：“迷信不可信，这井我来挖。”

9 月的一天早上，毛泽东带着警卫员拿着锄头、铁锹来到池塘边找水源，被一早起来的“老表”看见了。于是，毛泽东领头挖井的事，立即传遍了沙洲坝。一大伙群众来到了挖井现场，在毛泽东的带领下，一口直径 85 厘米、深约 5 米的水井没几天就挖好了。为了使井水更清澈，毛泽东又亲自下井底铺沙石、垫木炭。

从此，沙洲坝人民结束了饮用脏塘水的历史，喝上了清澈甘甜的井水。

1934 年 10 月，红军长征离开瑞金后，国民党反动派卷土重来，多次填掉这口井。当地群众就同敌人展开不屈不挠的斗争，敌人白天填井，群众夜晚又把井挖开、就这样填了又挖，挖了又填，反复好几次，沙洲坝人民最终取得了胜利。

1950 年，瑞金人民感念这段往事，维修了这口井，并取名为“红井”。同时，在井旁立了一块木牌，上面书写着“吃水不忘挖井人，时刻想念毛主席”，以示沙洲坝人民对毛主席的怀念和感激之情，后又将木牌改为石碑。

共产党的关怀永远温暖着瑞金人民的心，瑞金人民也为中国革命做出了巨大贡献和牺牲。

瑞金人民不仅为临时中央政府等中央机关和红军总部腾出办公位置、修造大量办公与生活用具，提供食品和日常所需，承担警戒保卫责任，还通过筹粮、筹款等方式支持红军部队。从1930 年起，瑞金妇女每年做出八九万双草鞋送给红军。1934 年7 月，全县一次捐出草鞋 10 万双。许多妇女还把头上、手上的首饰摘下，无偿捐给国家银行铸造银币。1933 年，瑞金兴起借谷、节省运动，提出“一升米、一分钱，送到炮火连天的前线去”的口号。这一年全县节省出稻谷 1.6 万担，位列中央苏区前茅。

为支持苏区建设和红军北上抗日战略转移，1932 年至 1934 年间，瑞金人民一共认购革命战争公债和经济建设公债 78 万元，支援粮食 25 万担，捐献银器 22 万两，连同存在苏维埃国家银行瑞金支行的 2600 万银圆，全部无私奉献给了中国革命。当年 24 万人口的瑞金，一共有 11.3 万人参军参战，5 万多人为革命捐躯，其中 1.08 万人牺牲在长征途中，瑞金有名有姓的烈士 17166 名。无数赤胆英雄用鲜血染红了“红色故都”的片片热土，千万革命志士用生命将“共和国摇篮”精心呵护。英烈们为共和国的创建做出了重大贡献，在中国革命史上写下了光辉篇章。

历史选择了瑞金，瑞金无愧于历史！

第四节
中国工人运动的摇篮——安源

秋风乍起，天地一片苍茫。青年毛泽东身穿长衫，英姿挺拔，他右手执伞，左手握拳，目光坚定地走在大路上。在他的身后，是翻滚的云层、连绵的群山和辽阔的地平线。这便是油画《毛主席去安源》所描绘的场景。画面所定格的那个瞬间，如同一道闪电，照亮了中国革命的历史。

中国工人运动的火苗就这样点燃了。

工人要团结起来

1921 年秋天，毛泽东第一次到安源，是坐火车去的。

那时候，安源是全国闻名的工业发达地区。安源位于江西省西部、萍乡市中部，地处湘赣边界，群山环抱，素有“吴楚咽喉、赣湘通衢”之称。安源最初是萍乡县城东南 12 里外的一个山村，后因丰富的煤矿资源，成为近代民族工业最早崛起的地区之一。1898 年，洋务派代表人物盛宣怀为解决汉阳铁厂燃料之需，引进外资和西方先进技术在安源开发煤田、修建铁路。萍乡安源煤

▲ 安源煤矿总平巷

矿是当时江南第一大煤矿，每天可产煤 2000 多吨。安源路矿则是安源煤矿和株萍铁路两个企业的合称，是当时全国最大的产业汉冶萍公司的一部分。20 世纪 20 年代初，该企业有工人 1.7 万余人，是江西诞生最早、人数最多的现代产业工人集中地。

安源路矿工人深受帝国主义、封建主义和官僚资本主义三重压迫，工作之苦、受压迫之重、被剥削之深极为惊人。工人劳动时间长，劳动强度大，劳动条件差，而且毫无人身自由，经常遭到工头、职员、矿警的打骂、处罚和各式各样的凌辱。工人的工资极其微薄，经济上受剥削，生活非常困苦。不少工人患职业病和其他各种疾病，有的因病、因伤无钱医治，在贫困中死去。“少年进炭棚，老来背竹筒，病了赶你走，死了不如狗”，是旧社会安源工人悲惨生活的真实写照。在中国共产党成立前，安源工人曾自发地进行过多次英勇的反帝反封建斗争，但在敌人的武力镇压下，最后都失败了。

1921 年 7 月中国共产党成立后，首先集中力量领导工人运动，安源路矿成为党开展革命工作的重点地区。

这一年秋天，参加完中国共产党的一大之后不久，担任中共湖南支部书记、中国劳动组合书记部湖南分部书记的毛泽东，从长沙来到安源进行实地考察。当时 28 岁的毛泽东以湖南第一师范附属小学主事的公开身份，住在一位在安源煤矿做工的湖南同乡的家里。他和同乡一起下矿井，进工棚，广泛接触工人，了解工人的疾苦和受压迫情形。他像朋友一样，和工人们谈心，用许多生动而浅显的话语向工人宣传劳工解放的思想。他告诉工人：“工人受穷吃苦不是命中注定的，是帝国主义和资本家压迫剥削的结果。工人只要结成团体，就可以打倒剥削者，建立劳动人民当家作主的新世界。”他以“垒石成山”的生动比喻，启发工人的阶级觉悟，鼓励他们团结起来进行斗争。

毛泽东真诚而朴素的话语，让在苦难中煎熬的工友们找到了方向，看到了希望。

通过大约一个星期的实地考察后，毛泽东认为：“安源工人众多，受到种种残酷剥削，生活特别痛苦，是工人运动可能很快开展的地方。”安源成为毛泽东时刻关注的地方。回湖南后，他经常托人给安源工人寄送《工人周刊》和《劳动周刊》等进步刊物，促使“求解放之念，在此少数工友之心中，乃如雨后春笋，勃然怒放”。

安源工人同样忘不了关心他们的毛泽东。1921 年 12 月初，在火车司机朱少连的带领下，安源路矿一部分有觉悟的工人联名致函中国劳动组合书记部，请求派人到安源指导工作。这时，22 岁的共产党员李立三刚从法国留学回来，被中共中央派至湖南跟随毛泽东开展革命。接到安源工人的邀请后，毛泽东便偕同李立三等，冒着岁末的严寒，又一次来到安源。

毛泽东敏锐地意识到，安源是一座“火山”，工人运动很快可以发动起来。他深入考察了安源工人的状况，分析了组织工人团体的条件，教育和团结了工友，并提出“以少数先进工人为骨干，多串联一些工友，先创办工人学校，然后组织工人自己的团体”的构想。在毛泽东的主持下，中共湖南支部确定了以党为核心组织安源工人团体的工作方针，同时决定派遣李立三进驻安源领导工人运动。

垒石成山，滴水成海。当革命的旗帜高高扬起，团结起来的安源工人将迸发出惊人的力量。

安源路矿工人大罢工

李立三留在安源，积极开展打好基础的工作。李立三是个喝洋墨水的“海归”，又这么年轻，怎样才能在穷苦的工人们中间打好基础呢？毛泽东建议他，从办平民教育入手。

于是，1921 年冬，在安源老后街的五福巷中，李立三租用了一栋民房的楼上三间做校舍，创办了一所平民小学，自己亲自任教员，免费招收工人子弟入学。1922 年 1 月，又增加了工人夜校的课程。白天小学生上课，晚上工人上课。夜校的教材先是采用粤汉铁路工人学校的讲义，后自编浅显易懂的教材，把讲授文化科学知识与传播马列主义结合起来。夜校采取灵活多样的办学方法和策略，上课以外，还教工人唱歌，吸引了很多工人参加。校内设有阅报室，备有《工人周刊》《劳动周报》等多种报刊。工人夜校的开办，提高了工人的文化知识和阶级觉悟，为建立和发展党、团、工会组织，培养工人运动骨干创造了条件。

李立三以平民小学教师的身份，广泛接触工人，在矿区开展了组织、发动工人的活动。1921 年 12 月，吸收了 8 名工人入团，建立了安源第一个社会主义青年团支部。1922 年 2 月，在萍乡煤矿的一个火车房中，安源路矿的党支部也成立了。李立三、李涤生等七人组成了中国产业工人的第一个中共基层组织，也是江西省境内的第一个中共组织——中共安源路矿支部，由李立三任支部书记。中共安源路矿支部成立后，继续以工人补习学校为阵地，不断向路矿工人宣传马克思主义，使工人觉悟得到很大提高。

很快，工人们就有了自己的组织。1922 年 3 月，在毛泽东的主持下，经中共湖南支部讨论，决定在安源路矿工人中成立工会组织。为便于取得合法地位，决定不直称“工会组织”，而定名为“安源路矿工人俱乐部”。1922 年 5 月 1 日，为纪念国际劳动节，安源路矿工人俱乐部举行部员大会并游行，宣告俱乐部正式成立。

安源路矿工人俱乐部成为党联系广大工人群众的纽带以及领导工人开展革命斗争的公开指挥部。到 1922 年 9 月，工人俱乐部部员发展到 700 余人，其中党员增加到 10 余人，青年团员增加到 30 余人。党团组织和工人俱乐部的建立，使安源工人有了谋幸福、求解放的坚强战斗指挥部，安源工人形成了一支有组织、有领导的无产阶级战斗部队。

从此，安源路矿工人运动得到了蓬勃发展。

这时候，路矿当局害怕汉阳铁厂罢工风潮席卷安源，便以工人俱乐部是所谓“乱党机关”为由，要求萍乡县署和赣西镇守使署下令查封。这激起了工人极大的愤怒，直接引爆了安源大罢工。

1922 年 9 月初，毛泽东第三次来到安源。在听取情况汇报后，毛泽东作出了立即组织路矿两局工人大罢工的决定，并对罢工进行了具体部署。他指示安源党组织，在罢工斗争中，要依靠工人坚固的团体和顽强的斗志，要有勇有谋，号召共产党员站在斗争的前列，领导工人进行义无反顾的斗争；并指出，罢工必须运用“哀兵必胜”的策略，提出哀而动人的口号，取得社会舆论的同情和支持，争取罢工的胜利。

当时，24岁的共产党员刘少奇刚刚从莫斯科东方大学回国，在中国劳动组合书记部工作。为了加强对罢工斗争的领导，刘少奇被委派来安源，协助李立三共同组织安源路矿工人大罢工。

1922年9月11日，安源路矿工人俱乐部致函路矿当局，提出了三项要求，并限两日内答复，如不圆满解决，即行罢工。9月12日，路矿当局做出答复，借口亏损予以拒绝，这引起了工人的极大不满。9月13日，安源路矿工人罢工指挥部成立，李立三任罢工总指挥，刘少奇任工人俱乐部全权代表；同时，还成立了侦察队等组织，以负责维持罢工期间的秩序。

9月14日凌晨，俱乐部发出罢工命令。

凌晨两点，工人们迅速登上火车机车，拉响了宣告大罢工的汽笛。井下的电灯全部熄灭，工人们停止工作，高举斧头、手镐，像潮水般涌出井口，涌出工房，冲向路矿当局办公大楼，高喊“罢工！罢工！”“从前是牛马，现在要做人！”“我们要活命，我们要吃饭”“我们要求的条件是极正当的，我们死也要达到目的”等哀而动人的口号，开始了罢工斗争。

当天上午，俱乐部向社会各界发表《萍乡安源路矿工人罢工宣言》，提出保障工人权利、增加工资、改善待遇、发清欠饷、废除封建把头制等 17 项要求。这次罢工，全国为之震动，迅速得到全国各地工会的声援和社会舆论的支持。

安源路矿当局在工人罢工后，极为恐慌，玩弄各种手法破坏罢工。在收买工人领袖、刺杀李立三等阴谋诡计破产后，竟然电请当地军阀在安源设立戒严司令部，伺机进行武装镇压。李立三、刘少奇坚持以党支部为核心，以俱乐部部员为骨干，团结路矿工人，坚持罢工到底。在罢工工人坚强不屈的斗争下，路矿当局被迫与俱乐部谈判。

9 月 16 日，戒严司令部和路矿当局约工人代表刘少奇到矿局总工事房谈判。谈判时，整栋楼房布满岗哨，杀气腾腾。刘少奇镇定自若地走进大楼，义正词严地重申了保障工人权利的 17 项条件。戒严司令部和路矿当局气急败坏，竟以要把他“就地正法”相威胁。刘少奇一身是胆，不顾威胁，断然拒绝路矿当局的要求，坚持罢工条件。而在大楼外，数千工人将整座楼房围得水泄不通，高喊着罢工口号。最终，路矿当局不得不妥协，于 9 月 18 日签订了 13 条协议，承诺增加工人工资、改善福利等。条约的签订，

▲ 油画《毛主席去安源》

标志着安源路矿工人大罢工取得了完全胜利。

随后，俱乐部发表上工宣言，表示“从前是‘工人牛马’，现在是‘工人万岁’！我们的第一步目的已经达到。”“从今日起，结紧团体，万众一心，为我们自己的权利去奋斗！”条约签订的当天，万余工人齐聚半边街广场庆祝罢工胜利，会后举行了声势浩大的示威游行。工人们高呼“劳工万岁！”“工人俱乐部万岁！”等口号，欢欣鼓舞，盛况空前。

安源路矿工人大罢工历时5天，由于准备充分，行动统一，并且注意斗争策略，争取社会同情和理解，使得罢工“秩序极好，组织极严，工友们很能服从命令……未伤一人，未败一事，而得到完全胜利”（刘少奇、朱少连：《安源路矿工人俱乐部略史》），显示了中国工人阶级在中国共产党领导下团结战斗的伟大力量。

安源路矿工人大罢工的胜利，提高了党组织在工人群众中的威信，扩大了党的影响。这次罢工，是中国共产党第一次独立领导并取得完全胜利的工人斗争，是早期工人运动史上罕见的成功范例，在中国工运史上写下了光辉的一页。

革命的种子

大罢工胜利后，安源路矿工人运动蓬勃发展。

为使俱乐部成为“坚固的团体”，安源路矿工人俱乐部进行了改组，实行代表会议制和民主集中制。1922 年 10 月，各级代表会议选出李立三为总主任、刘少奇为窿外主任，还选举了各级代表和职员。俱乐部不仅建立了比较完善的工作机构，还制定了各项规章制度，使安源路矿工人俱乐部成为中国工运史上早期组织最严密、最先进的工会组织。

作为俱乐部主要领导人之一的刘少奇的工作任务也更加繁重了，长期不规律的生活使他患上了严重的胃病。当时，路矿工人俱乐部工作人员不论职位，月薪都是 15 元。俱乐部考虑刘少奇的身体，要将他每月的生活费提高到 200 元。刘少奇得知后说:

“只要 15 元，我们是工人代表，不能和资本家比。”据当时俱乐部会计股的财务报告记载，刘少奇从 1922 年 9 月至 1923 年 10 月共 14 个月中合计支出银洋 199 元，平均每月还不到 15 元。刘少奇爱抽烟，15 元的工资常常坚持不到发薪的日子，烟盒就空了。有一次，勤务兵张明生提前给刘少奇领了月薪，买来烟给他。刘少奇看着日历问道：“买烟哪来的钱？”张明生只好说实话：“我看你没烟抽实在难受，所以提早……”话还没说完，刘少奇便打断了他，说：“不行！薪金发放的时间是主任团决定的，我们大家都要遵守，要不当家的（指管财经的）怎么办？你看，我这不是一样地吸吗？”说完，便把平时吸剩下来舍不得扔掉的烟头剥开，用纸卷成“大炮筒”抽。

这样的党员、这样的领导干部，让工友们感受到了家的温暖。俱乐部在工人群众中的威望大为提高。1922 年 10 月，俱乐部又领导了湘东永和煤矿等地的罢工，均取得了胜利。俱乐部部员由最初的 300 多人猛增到 13000 多人，并在紫家冲、湘东、醴陵、株洲等地设有分部。安源党团组织也得到发展，党员有 20 余人，团员 90 人，并分别于 1922 年 12 月和次年 1 月成立了团和党的安源地委。

但是，斗争始终是残酷的。1923 年 2 月 7 日，吴佩孚用武力镇压了京汉铁路工人大罢工，随后，各地工会遭到封闭，全国工人运动转入低潮。北洋政府交通部致电安源路矿当局，令其解散工人俱乐部，矿局则向汉冶萍公司建议停工改组，遣散现有工人，重新招雇，企图以此来消灭工人俱乐部。

面对这一险恶形势，毛泽东提出了“弯弓待发”的策略。中共安源地委竭力团结内部，加强防范。安源路矿工人运动由进攻转为积极防守，把工运工作的重点放在思想教育、文化教育和组织建设方面。

中国共产党的第一所党校在安源成立了。1924 年的寒冬时节，在安源山下一个叫“八十间”的院落，在其简陋的房间里，一群来自安源路矿的年轻工人和在校学生，开始了一段紧张而严肃的集中学习。这所由刘少奇任校长的学校，是全国第一所以党校命名的学校——中共安源党校。同时，安源工人补习学校也由最初的 1 所发展到 7 所。此外，还创办了《安源旬刊》，对工人群众广泛进行马列主义教育。

我国工人阶级最早的经济组织也在安源成立了。罢工胜利后，1922 年底，毛泽东就派易礼容来安源开办消费合作社。当时工人们踊跃投资，共筹集资金 1 万余元。1923 年 2 月 7 日，安源路矿工人消费合作社正式开始营业。这是中国共产党领导下的全国第一个和当时仅有的一个工人消费合作社，也是中国工人阶级的第一个经济事业组织。

合作社设立兑换、粮食、服物、器用、南货、杂物等股，主要出售油、盐、米、布匹等工人生活必需品，还代售《向导》《新青年》《先锋》《工人周刊》等革命刊物。合作社还曾发行铜圆票、纸币，以及中国共产党领导下的最早发行的股票，这是对股份制的最初尝试。易礼容、李立三、毛泽民等都担任过合作社的总经理。

有了合作社，工友们的心贴得更近了，对党的信赖也更坚定了。安源党、团组织迅速得到壮大。到 1924 年 12 月，安源的党员人数约 200 人，占当时全国党员总数的 1/5。安源支部成为全国最大的和产业工人成分最多的地方党组织。

在全国工运低谷期间，安源工人运动巍然独存，并开展得有声有色，成为当时全国工人运动的一面旗帜。曾任中国劳动组合书记部主任的邓中夏在《中国职工运动简史》中对安源工人运动予以高度评价："在此消沉期中，特别出奇的要算安源路矿工人俱乐部，真为'硕果仅存'。"二七后的工运，安源工会仍然存在，并且还有"中国的小莫斯科"之称。

1925 年 9 月 21 日，发生了震惊全国的"九月惨案"。汉冶萍公司买办资本家勾结湘赣两省军阀，武装封闭了安源工人俱乐部。俱乐部副主任黄静源等 8 人牺牲，30 多人被捕，1 万余人被解雇，其中 2000 多名工人骨干分子被押解出境。

然而，革命的种子早已在安源工人的心中生根发芽。

安源工人没有被敌人的屠杀所吓倒，仍不屈不挠继续斗争。1926 年 9 月，俱乐部恢复，改名为萍矿总工会。与此同时，安源工人以不屈的精神走出安源，走向广阔的革命天地。仅由安源派往黄埔军校和北伐军中的工人就达 1000 多人，还有许多安源

▲ 安源矿工运动纪念馆

工人被派往全国各地从事农运、工运工作。1927 年秋，安源工人又参加毛泽东领导的秋收起义，走上了武装起义和“工农武装割据”的道路。

“从前是牛马，现在要做人！”当安源乃至全国的工人以“人”的姿态站上历史舞台时，世界将为之焕然一新。

第二章

“四处胜地” 孕育希望

第一节
伟人化险地——铜鼓

1936年，在延安的窑洞里，毛泽东向美国记者埃德加·斯诺谈起了自己人生中唯一的一次遇险经历。天空逐渐高远，风声也静了下来。在毛泽东生动的讲述中，斯诺不由得屏住了呼吸。毛泽东微微一笑，点燃了一根纸烟，他目光坚定地望向远方，思绪又回到了在江西的峥嵘岁月。

那段化险为夷的经历发生在铜鼓县的大山中。

高高打出共产党的旗子

1927 年，轰轰烈烈的大革命失败了。

蒋介石在上海发动了“四一二”反革命政变，时任中共中央总书记的陈独秀却推行右倾机会主义路线，放弃革命领导权，尤其是放弃武装力量的领导权，更加助长了反革命的嚣张气焰。7 月 15 日，以汪精卫为代表的武汉国民党也叛变了革命，国民党左右两派势力都在反对和镇压共产党，由国共两党合作发动的大革命宣告失败。在国民党的残酷镇压下，到 1927 年 11 月，中国共产党党员人数从近6万锐减到1万多；1927年3月至1928年上半年，被杀害的共产党员和革命群众达31万多人，其中共产党员2.6万多人。

白色恐怖笼罩全国，工会、农会等组织几近瘫痪，中国革命转入低潮，革命事业处在生死存亡之际。残酷的斗争与血的教训，让中国共产党认识到，没有革命的武装就无法战胜武装的反革命。

枪杆子里才能出政权！

八一南昌起义后，1927年8月7日，中共中央在汉口召开紧急会议，史称八七会议。在这次会议上，毛泽东提出了“须知政权是由枪杆子中取得的”重要论断。为了挽救革命，会议确定了开展土地革命和武装反抗国民党反动派的总方针，决定在共产党力量较强、工农运动基础较好的湖南、湖北、江西、广东4个省举行秋收暴动，彻底解决农民的土地问题。

随后，一批党的干部分赴各地，恢复和整顿党组织，组织发动武装起义。当时主持中央工作的瞿秋白，想请毛泽东到上海中央机关工作，毛泽东则坚定地回答：“我不愿去大城市住高楼大厦，我要上山结交绿林朋友。”

8月12日，毛泽东受中央委派，以中央临时政治局候补委员和中央特派员的身份，冒着巨大的危险回到湖南，肩负起了改组湖南省委、组织和领导秋收起义的重任。

当时，预备参加起义的有原来的国民革命军第二方面军警卫团，安源工人纠察队、矿警队，平江、浏阳工农义勇队等各路武装，主要驻扎在修水、铜鼓、安源三地，共计 5000 余人。毛泽东将其统一编为工农革命军第一师，并亲自担任师长。毛泽东曾领导过工人运动、农民运动、学生运动和统一战线工作，却从来没有做过军事工作。但从此刻开始，他的这双已经握惯了笔杆子的手郑重地抓起了枪杆子，也挑起了做军事工作这副全新的担子。

共产党领导的秋收起义打什么样的旗帜呢？

照八七会议的规定，还是要打“左派国民党旗帜”。然而，国民党这个名号已经变成军阀争权夺利、抢地盘的工具，由于政治纲领、依靠力量、革命目标的差异，国共合作的基础已彻底破裂。因此，在长沙市郊沈家大屋的湖南省委会议上，毛泽东坚决主张：“我们不应再打国民党的旗子了，我们应高高打出共产党的旗子，只有共产党的旗子才是人民的旗子！”

这面旗帜的设计制作工作交给了工农革命军第一师师部的参谋何长工具体负责。

时年 27 岁的何长工本名何坤，曾留学法国。1927 年 5 月长沙马日事变后，何坤遭通缉，毛泽东为他改名为“何长工”，意为“为革命打长工”。接到设计军旗的任务时，何长工随工农革命军第一师师部驻扎在修水。于是，在修水县商会东厢房一张宽大的八仙桌上，何长工和战友们一起通宵达旦地干起来。何长工说：“我见过苏联红军的旗子，那上面有五角星、交叉在一起的镰刀斧头。”大家讨论后一致认为，五角星代表共产党，斧头镰刀加在一起代表工农，红色旗面代表革命和不怕流血牺牲的精神。

说干就干！他们立即到当地一家裁缝店借来硬纸、剪刀、尺子和画线用的粉包，找来红布、白布，动手制作起样旗来。他们用布剪好镰刀、斧头和五角星的图案，放在整面大红布的中央。然后，另剪一方长条白布，在其右部描出旗杆套的位置，再在长条白布的左部，从上到下工工整整地写上“工农革命军第一军第一师”的军队番号。最后，他们将这方长条白布，粘贴在整面大红布左部。

一面庄重、神圣、鲜艳，凝聚着工农革命意义的军旗，就这样诞生了。

从此，我们的党有了自己的旗帜，表明了中国工农革命军不同于国民革命军，它是中国共产党独立领导的工农革命武装力量，预示着中国共产党领导的革命斗争必将走向胜利。

一脚踏两省，六圆定乾坤

为便于领导秋收起义，湖南省委确定秋收起义的领导机关分为两个，一个是由各军事负责人组成的党的前敌委员会，由毛泽东任书记，作为武装起义的军事指挥机关；另一个是党的行动委员会，由起义地区各地方党委负责人组成，任命易礼容为书记，负责地方工作。

9 月初，毛泽东到安源张家湾，召开军事会议，讨论秋收起义具体部署。安源军事会议是前敌委员会的第一次会议，也是毛泽东领兵挂帅的开端。会议结束后，为尽快了解驻铜鼓、修水的部队情况，组织实施秋收起义军事计划，毛泽东立即离开安源，马不停蹄赶赴铜鼓。

铜鼓地处赣西北边陲、修河上游，西接浏阳，北连修水，境内有海拔千米以上的山峰 20 余座，属典型的南方山区。这里自古就是湘赣两省的交通要道。从安源到铜鼓，相距近 200 公里，途经湖南浏阳。当时，湖南反动当局大搞“铲共”“清乡”运动，在交通要道上加岗设哨，严厉盘查，搜捕共产党人和革命群众。

1927 年 9 月 5 日，毛泽东在中共浏阳县委书记潘心源的陪同下，化装成安源煤矿的采购员，前往铜鼓。

为确保毛泽东、潘心源的安全，中共安源地委经慎重考虑，决定由毛泽民、刘建中、周克明和安源煤矿工人易子义一同护送。毛泽民是受湖南省委指派，专程护送毛泽东到湘赣边界领导秋收暴动的，而且是毛泽东的弟弟，完全可以放心；刘建中、周克明是浏阳工农义勇队从铜鼓专门派来安源寻找党组织的，政治上可靠，且熟悉路途和环境，方便护送途中见机行事；易子义是安源煤矿的中共党员，曾在广州农讲所学习，又在长沙负责过农运工作，政治素质过硬，应变能力也很强，且熟悉矿上情况，方便应对沿途的盘查。

为了避开盘查，他们尽量绕道走偏僻小路，沿途山路崎岖、荆棘丛生。在通往铜鼓的山路上，刘建中、周克明装扮成挑夫小贩走在前面带路，毛泽东、潘心源化装成商人模样随行其后，走在最后的是毛泽民、易子义等人，他们相互之间都保持一定距离。就这样，他们经过了国民党反动派重兵把守的萍乡，避开行人较多的大道，进入浏阳和万载之间的山峦涧壑。

经过一天的风餐露宿，9 月 8 日，他们到达张坊镇七溪坳。这里是湖南的浏阳、江西的铜鼓、万载三县交界的地方。国民党张家坊团防局派了十几名团丁，在七溪坳的交通要道上设下哨卡，专门盘查过往行人，一旦发现“可疑分子”，就当场拘捕并送往县团防局。

为了应对铜、浏边界的盘查，毛泽东向随行人员借了几十块大洋，以便见机行事。不出所料，这天中午，他们在路边餐馆用餐时，遭到了团丁的盘查。毛泽东一行称是受安源煤矿的委托，前往铜鼓、万载采购茶油、夏布等物资。团丁不听解释，扣住毛泽东、潘心源死活不肯放，非要把他们押解到张家坊团防局去。紧随其后的毛泽民、易子义见状，急忙赶上前出示安源煤矿开具的“采购员”介绍信，以证明身份。谁料这伙团丁嚣张蛮横，反倒把毛泽民、易子义一起抓了，全部押往团防局。

在押往团防局的途中，毛泽东和团丁拉起了家常，关心地询问起他们家中妻儿老小的情况。团丁不禁被毛泽东的真诚所感动，想要释放他，可是负责的队长却不允许。这时，来到了铜鼓排埠月形湾，这里山高林密，地势险要。潘心源趁机缠住了团丁的队长，给毛泽东打掩护。毛泽东急中生智，猛然从衣袋里抓出一把银圆往路边一抛，自己则往左一拐朝山上跑去。团丁们只顾跑去捡银圆，直到发现毛泽东往山上跑，才一边大喊“站住！”，一边紧紧追赶。

毛泽东跑到一个高地，下面是一个水塘，周围长了很高的草。他利用塘边的茅草、灌木作掩护，一直躲到傍晚。团丁们并没有放弃追踪，还强迫一些农民帮助他们搜寻，有好几次他们都搜到了毛泽东的身边，几乎触手可及。

天渐渐暗下来，团丁们放弃了搜寻。毛泽东才从草丛中出来，翻山越岭，彻夜赶路。当时毛泽东没有穿鞋，脚底擦伤得很厉害。所幸路上遇到一位友善的农民，给毛泽东安排了住处，还帮他买了一双鞋、一把伞和一些食物，第二天又给毛泽东带路，把他送到了大路上。据后来了解，这个农民名叫陈惟德，是江西万载人，后改名陈九兴，加入了工农义勇队，参加了革命。

毛泽东在铜鼓排埠月形湾机智脱险的经历，留下了一段“一脚跨两省，六圆定乾坤”的神奇传说。铜鼓排埠月形湾也成为一代伟人“逢凶化吉，遇难成祥”的福地。

危险挡不住毛泽东的脚步，他早已将个人安危置之度外。他心中所想的，是秋收暴动，是国家的命运和前途。

▲ 毛泽东脱险处

9月10日，毛泽东到达铜鼓县城萧家祠。在萧家祠的大厅里，毛泽东召开了三团排以上干部会议，向大家传达了八七会议精神，阐述了当时的形势，号召大家拿起枪杆子举行秋收起义，并且宣布浏阳农军正式成为工农革命军第一军第一师第三团。

那一天，正好是旧历中秋节，是万家团圆的日子。在那座古老的祠堂里，毛泽东被战士们的热情和斗志所感动，心潮澎湃，挑灯夜书，写下了著名的《西江月·秋收暴动》：

军叫工农革命，旗号镰刀斧头。修铜一带不停留，便向平浏直进。

地主重重压迫，农民个个同仇。秋收时节暮云沉，霹雳一声暴动。

日暮云沉，一声惊雷。秋收起义爆发了！

秋收时节一声雷

毛泽东亲自组织和领导的秋收起义在湘赣边界全面爆发。9月9日，以中共湖南省委组织的破坏长沙到岳阳和长沙到株洲的铁路为标志，湘赣边界秋收起义正式爆发。9 月 9 日，工农革命军第一军第一师师部及所属第一、四团在江西修水誓师起义，随后，第二、三团分别在安源、铜鼓宣告起义。起义军分别从江西的修水、安源、铜鼓等地出发，进入湖南境内，准备与平江、浏阳地区的起义农民会合攻打长沙。

起义部队一路向西挺进，目标直取省城长沙。

然而，第一团进攻平江，中途遭到随军行动的邱国轩部的倒戈袭击，损失惨重，余部退往浏阳。第二团在安源起义后，进攻萍乡未克，西进攻占了老关、醴陵，又北进占领浏阳。由于部队麻痹轻敌，9 月 16 日陷入敌人的包围，部队被打散，部分突围脱险，不少人牺牲。第三团在铜鼓起义，胜利占领了白沙镇，后又占领东门市，随后遭敌人兵分两路包围，被迫向上坪撤退。

进攻省会长沙的目标未能实现，秋收起义遭遇挫折。9 月 19 日，起义队伍退守文家市。

是继续攻打长沙还是实施战略转移？在文家市里仁学校召开的前敌委员会会议上发生了激烈争论。当时，退守文家市的工农革命军的人数只有 1500 多人，面对的却是几十倍兵力的敌人，敌强我弱、敌大我小，再次攻打长沙，无异于以卵击石。

毛泽东根据当时形势，主张放弃原定进攻长沙的计划，保存实力，坚持革命斗争。毛泽东明确提出：到敌人统治力量薄弱的农村去，到湘粤赣省边境去，坚持农村武装斗争，建立农村革命根据地。

在向南转移的途中，起义军处境十分困难。部队中党组织不健全，思想比较混乱；缺乏弹药，没有给养，伤病员增多。9月29日，部队到达永新县三湾村时，已不足千人。当天晚上，毛

▲ 秋收起义广场

泽东召开了前敌委员会，决定对部队进行整编，这就是著名的“三湾改编”。此后，毛泽东率领秋收起义的这支部队，走上崎岖的山路，向井冈山进发。10 月 27 日，部队到达井冈山的茨坪，开始创建中国共产党领导下的第一个农村革命根据地。

湘赣边界秋收起义不仅是军队的行动，而且有数量众多的工农武装参加。它第一次公开打出了工农革命军的旗号。这次起义虽然在开始时也是以攻占大城市为目标，但在起义遭到严重挫折后，毛泽东及时率领部队从进攻大城市转为向农村进军。从此，中国革命走上“农村包围城市、武装夺取政权”的光明大道。这次起义这是中国人民革命发展史上具有决定意义的新起点。

第二节
中央红军长征集结出发地——于都

青山如黛，风起云飞，于都河水静静地流淌着。

在赣州市于都县贡江镇建国路上，有一处客家老宅，“两井三厅”保存完好，进门处却没有门板。这是红军后人刘光沛家的祖屋。幼年时刘光沛曾好奇地问：“为什么我们家没有门？”母亲告诉他：“门板被你爷爷拆下来给红军搭桥了。”这是门板，更是民心，是胜利的源头。在老百姓用民心搭起的浮桥上，红军渡过于都河，踏上了伟大的长征之路。

于都河，从此有了“长征第一渡”的不朽名号。

中央苏区的全红县

在赣州市东部的青山秀水中，有一座美丽的县城，因城北有雩山，故古名雩都，1957 年更名为于都。这里是千年人文之乡。早在公元前 201 年，西汉高祖在此置雩都县，迄今已有 2200 多年历史。于都是江西最早建县的十八个县和赣南最早建县的三个县之一。古时赣南郡治设在于都近 250 年之久，于都因此有“六县之母”和“闽、粤、湘三省往来之冲”之称。

在风起云涌的革命时期，于都诞生了赣南第一支正规的工农武装和第一块红色根据地，为中央革命根据地的创建奠定了基础。

1926 年 11 月，于都建立了第一个中共党组织——中共于都支部干事会。这一组织的建立，标志着于都人民的革命斗争进入了一个崭新的历史时期。在党的领导下，于都人民的革命运动迅速在全县城乡蓬勃兴起。1928 年 2、3 月间，于都里仁、步前、桥头等地的农民群众，在党的领导下相继举行了震惊赣南的武装暴动（史称“三乡暴动”），率先拉开了武装反封建、反剥削的序幕，成为全国各地工农武装暴动的重要组成部分。他们虽然都失败了，但沉重地打击了国民党反动派和土豪劣绅的反动气焰。

暴动失败后，以暴动骨干为基础组建的桥头游击队，在斗争中发展成为赣南地方第一支正规革命武装——工农革命军第十五纵队。1928 年 8 月中共于北特区委员会和于北特区革命委员会的成立，标志着以桥头为中心的于北革命根据地正式形成。于都成为“赣南当时最红的地方”和“群众斗争的代表”，成为兴、于、宁、会、瑞诸县边界革命斗争的大本营，为中央革命根据地的创建创造了条件、奠定了基础。

1929 年春，毛泽东、朱德率领红四军，彭德怀率领红五军游击赣南进入于都境内，帮助建立了于都境内第一个红色政

▲ 于都中央红军长征出发纪念碑

中央红军长征出发纪念碑

权——于都县工农兵革命委员会。当时，在县城东门外沙坝上，召开了万人群众大会，毛泽东在会上作重要讲话，慷慨激昂的话语感染了在场的工农群众。很快，打土豪、分田地的运动在全县轰轰烈烈、如火如荼地开展起来。1932 年 11 月，当于都北部地区的最后一个反动据点——上宝土围被攻克后，于都成为中央苏区的全红县。

此后中央苏区进入了鼎盛的新时期，于都境内的各项事业也随之蓬勃发展。在这段火热的斗争年代里，毛泽东时时牵挂着于都的建设发展，多次往返于都，指导革命斗争。1934 年 9 月中旬，毛泽东由瑞金云石山来于都，沿途考察了潭头区消费合作社，对他们积极设法解决物资供应、满足群众需要的工作给予了表扬和鼓励。在于都期间，他身患疾病，仍然坚持工作，了解敌情，召开会议，并抽空深入烈士军属家慰问、走访。

在党和苏维埃政府的领导下，全县工农群众以更加饱满的革命热情，积极投身于建设和巩固中央革命根据地的运动中。在购买战争公债、支前、扩红、参军参战和全力支援红军反“围剿”的斗争中，于都人民积极响应，无私奉献。仅 1933 年，于都人民除完成应缴的土地税外，还捐献了 60 余万担粮食、4 万余元。苏区时期，于都人民响应“扩大百万铁的红军”的口号，踊跃参军，有 6.8 万人参加红军，几乎每 5 个于都人中就有 1 个参加红军，还有 10 万余人支前参战，为中央红军的壮大发展做出了巨大牺牲，为中国革命做出了重大贡献。

中央红军在这里集结

在毛泽东、朱德等的领导下，红军成功地运用“诱敌深入”等灵活机动的战略战术，在根据地内粉碎了国民党军队的第一、二、三、四次反革命“围剿”，取得了一次又一次的伟大胜利。第三次反“围剿”胜利后，中央苏区进入全盛时期，赣西、赣南与闽西革命根据地连成一片，形成了以瑞金为中心的中央革命根据地。1931 年中华苏维埃共和国临时中央政府正式成立，毛泽东当选为中华苏维埃共和国临时中央政府主席。从此中央苏区各项事业蓬勃发展。

1933 年 9 月，蒋介石亲任总司令，调集 100 万兵力、200 架飞机，向革命根据地发动第五次反革命“围剿”，妄图实现消灭红军、从根本上摧毁中央苏区的目的。面对强敌围攻，苏区军民积极响应党中央的号召，各地整团整连地报名参加红军，全力支援红军反“围剿”的斗争。同时，苏区人民还组织运输队、洗衣队、慰劳队、担架队开展支前活动，当年仅于都县支前人数就多达5977人。这种相互支援、同仇敌忾的场面，充分表明苏区军民捍卫中央苏区的决心。

然而，党内“左”倾机会主义领导者博古等人却放弃了历次反“围剿”作战中成功运用的“诱敌深入”方针，反而同强敌拼消耗、打阵地战，以致战争开始就使红军陷于被动局势。至1934年4月上旬，红军防线被迫退到广昌、建宁一线。敌人集中11个师的兵力进攻广昌。在博古等人的错误指挥下，历时18天的决战后，我军伤亡5500余人，广昌失守。敌人随后兵分六路向中央苏区推进，博古也分兵六路全线抵御，以致东堵西击，穷于应付。广昌、�门岭及福建建宁等先后失守，中央苏区的南北门户大开。至9月底，国民党军队步步紧逼中央苏区，会昌、兴国、宁都、石城一线相继失陷，中央革命根据地日益缩小，打破敌人第五次“围剿”的希望最后断绝。

中央红军主力只能撤离中央苏区，进行战略转移。

突围转移的地点最终选在了于都。9月中旬，毛泽东从瑞金云石山来到于都县，深入到茶梓、小溪、罗江等地，调查敌人的活动情况，制订研究中央红军主力突围转移的行动计划。

10月7日开始，中革军委电令各军团，要求各部队依令行动，开赴于都集结，并具体规定了军委纵队、中央纵队和红一、三、五、八、九军团的逐日任务及红军驻地路线、地域。

各军团接令后迅速行动起来。

10 月 7 日晚，由军团长林彪、政委聂荣臻率领的红一军团在兴国的竹坝、洪门地区集中，8 日晚开始向于都地域移动，于 11 日到达其集结地域——于都县东北部的段屋、宽田地区；由军团长彭德怀、政委杨尚昆率领的红三军团在石城南部集中，经宁都长胜后，于 16 日到达其集结地域于都县车头圩、仙下一带。

10 月 10 日，由纵队司令员叶剑英率领的军委总司令部及其直属队组成军委纵队，和中共中央、中央政府及总工会、团中央等机关和卫生、后勤部队一起，从瑞金县梅坑等地出发，于 12 日到达于都县城北贡江镇古田地域；中国工农红军总政治部则从瑞金田心圩出发，于 12 日到达其集中地域于都县城北大岭下。

与此同时，红十五师、红八军团、红九军团、红五军团等部队也分别从石城、兴国等地出发，相继到达于都集结地域。

短短十天时间，8.6 万中央红军主力有序转移，全部在于都集结完毕。

长征的命令正式下达了。

长征第一渡

秋风乍起，细雨霏霏，远处青山默默垂首，于都河水悠悠呜咽。天色渐渐暗了下来，无数支燃烧的火把照亮了于都河畔。

10 月 16 日至 19 日傍晚，中革军委、红军总司令部和苏维埃中央政府所属机关与红一、三、五、八、九军团共 8.6 万余人，从于都城东门等 8 个渡口，渡过于都河，踏上长征路。

于都河，是人们对贡江在于都境内的称呼。它在于都县境内有两条支流，汇合于县城上游附近，流经于都县城。于都河宽 600 多米，水深 1~3 米，最大流速每秒 1.2 米，河底为沙石，大部队要迅速过河就得架设浮桥。为了隐蔽战略意图，避免飞机轰炸，中央军委决定架设临时浮桥，在约 30 公里的河段架起了 5 座浮桥，布设众多摆渡和涉河点。

在那短短的几天里，于都人民汇集起 800 多条大小船只，动用了成千上万块木料做成浮桥。因为架设浮桥的木板奇缺，沿岸群众和县城居民几乎将家中所有的门板、木料等一切可用的器材都捐献了出来。县城东门有位姓曾的老大爷，儿子参加了红军，他将家里的门板、床板扛去架设浮桥，自己在地上铺了草席就地而眠。听说架桥工地上还缺木材，又把给自己准备的棺木拆下送了去。

为了不让敌军发现，红军只能在傍晚架设浮桥，凌晨再拆除。30 万于都人民共同保守着一个天大的秘密，晚上红军渡河，次日凌晨 7 时前把浮桥拆除，傍晚 5 时后又重新架桥。每到傍晚，群众纷纷走向架桥工地，有的打火把，有的送水送饭，还有的直接参加架桥。由于架桥时天黑，两岸看不见旗语，暗号也听不清，浮桥很难架直。一些有经验的船工出了主意，在浮桥上挂上马灯。借助微弱的灯光，浮桥连成了直线，战士顺利渡过于都河。就这样，在于都县 60 里的河段上架设了 15 次浮桥，既保证了红军渡河，又隐蔽了红军的战略转移意图。

时任军委副主席的周恩来动情地说：“于都人民真好，苏区人民真亲！”

于都人民的心与红军紧紧贴在一起。红军需要什么，于都人民就无私奉献什么，不论是抽调人力、捐木架桥，还是扩红参军、借谷征粮，于都人民都倾其所有，全力支援。

1934 年 9 月 1 日，中央苏区发出《关于九月间动员三万新战士上前线的通知》，苏区人民踊跃参军参战，从人力、物力方面大力支援红军，仅于都就有近万人参加红军，先后组成了 8 个补充团到队伍中去。此外，于都人民还积极响应中央征调民工的号召，组织了近万名民工随军出征。他们之中除少数人在到达陕北后被编入红军队伍，许多人在征途中壮烈牺牲，至今连名字都无法知道。

红军烈属钟招子生养了10个儿子，其中8人参加了红军。长征出发时，钟招子对儿子们说："一定要打胜仗，娘等你们回来。"儿子们走后，钟招子每天晚上都会在老屋门前点起一盏马灯。时间一天天、一年年过去，钟招子青丝变成了白发，眼睛也哭瞎了，但依然每天晚上点亮马灯。她说："这样，儿子们回家时就能看清路了。"直到去世，钟招子也没能等到一个儿子回来。

为了确保了红军的物资供应，苏区人民勒紧裤带，节衣缩食，开展了轰轰烈烈的筹粮筹款活动，仅于都县就筹集粮食7939担、菜干150担、草鞋8400双，筹钱62500元；同时，还收集大量子弹壳、铜锡、土硝、废铁等兵工材料供给红军用，为中央红军长征出发提供了坚强的物资保障。

红军在于都集结休整期间，于都人民不仅把最好最干净的房子腾出来给红军做营房，还组织慰问队，带着粮食、鸡蛋、猪肉、蔬菜、草鞋等物品慰问红军，组织妇女组成洗衣队帮红军洗衣服。红军主力出发长征后，在于都县内安置了伤病员6000多名，于都人民不仅上山采药为伤病员治病，而且还精心护理，宁愿自己吃糠咽菜，也要把细粮留给伤病员，给了他们无微不至的关怀。于都人民还收留了一批红军将士的后代，解决了前方将士的后顾之忧。为保护这些伤病员和红军后代，许多群众甚至付出了宝贵的生命。

中央红军主力战略转移后，于都人民在留守苏区的中共中央分局和中央政府办事处的领导下，进行了艰苦卓绝的保卫中央苏区的最后斗争，于都成为中央苏区的最后一块土地。面对国民党反动派的步步紧逼和血腥镇压，坚强的于都人民威武不屈、百折不挠。据统计，仅长征后的 5 个月内，全县被国民党残杀的共产党员、革命干部和人民群众达 3000 余人，烧毁的房屋 5000 多幢。然而，英勇的于都人民并没有被凶残的敌人所吓倒，他们在极其艰难险恶的环境中，继续坚持游击斗争，有效地牵制和打击了敌人，用鲜血和生命谱写了一曲曲壮丽的历史诗篇。

“于都河畔送红军，长忆军民鱼水情。”如今，在于都河东门渡口，建有一座“长征第一渡”纪念碑，碑高 10.18 米，寓意为毛泽东等红军领袖渡河的日期，造型为迎风远航的双帆形状。巍峨的“长征第一渡”，是一道让世界惊奇的风景，也是让中华儿女世代敬仰的永恒的精神高度。在长征精神的激励下，秀美的于都扬起风帆，踏上了发展的新征程。

第三节
改革开放策源地——小平小道

入冬了，南昌的风大，卷着细沙和尘土，从远处呼啸而来，刮到人的脸上，隐隐地痛。城郊有一条用炉灰渣铺成的田间小道，蜿蜒曲折，路不宽，也不是很平，两旁就是庄稼地。年过六旬的邓小平和夫人卓琳相互搀扶着，缓缓走在小道上。邓小平的步子不大，但是很稳很坚定，一步一步朝前走，偶尔会停下来，望着远方，默默地思考着。

后来，人们把这条小道亲切地称为“小平小道”。从小平小道延伸出去的，是通向中国改革开放和国家富强的康庄大道。

用真情铺成的小道

“小平小道”是江西人民用老区的真情铺成的。

1969 年 10 月，邓小平、卓琳夫妻被下放到江西，接受劳动锻炼再教育。在刚定邓小平下放江西时，周恩来就亲自打电话给江西省有关部门负责人，要求不能将小平同志安排在赣南山区，而要安排在南昌市郊区。因此，小平同志的工作地点被安排

▲ 小平小道

在新建县（今新建区）的拖拉机修配厂，住所则被安排在附近的一个军事驻地南昌陆军步兵学校（今解放军陆军步兵学院）内的一栋将军楼里。江西省为小平同志提供了较为安静、宽松的外部环境，新建县也严格规定任何组织、个人不准干扰小平同志工作，让他尽可能避免受到冲击。

当时，从邓小平夫妇居住的南昌陆军步兵学校的将军楼到拖拉机修配厂，走大路的话，要经过 320 国道，步行 3 公里，花 40 多分钟，风吹日晒很辛苦，中间还要经过一个长途汽车站，很不安全。看着年迈的邓小平夫妇如此奔波，善良的工友们心里很焦急。他们仔细勘察地形后，在工厂的后围墙上开了个小门，花了三天三夜，沿着荒坡和田埂，开辟出一条蜿蜒曲折的小路。这条小道全长 1500 米，从这条小道走到工厂，只需要 20 多分钟。

一次，邓小平去上工，因刚下过雨，小道上有一段路十分泥泞，他不小心滑倒摔了一跤。工人们知道了，连夜带着铁锹等工具，把小道重新修整了一番，并铺上了一层厚厚的炉灰渣。

小道虽小，却饱含着工人们对邓小平淳朴深厚的感情。

拖拉机修配厂的党支部书记叫罗朋，抗战时期是邓小平的部下，他对邓小平格外崇敬。当得知邓小平要来厂参加劳动时，罗朋专门制定了新的门卫制度，清理了厂内的“大字报”“标语”，还把闹得最凶的造反派迁出了工厂，为邓小平营造了一个安全舒适的工作环境。

陶端缙是邓小平所在修理车间的主任，是一名老党员，为人淳朴善良。邓小平来到车间后，他最初是安排邓小平清洗零配件，因为此工序简单易做。可陶端缙发现，邓小平每次蹲下站起都非常吃力，便给邓小平换了份技术活——看图纸描线，但邓小平提出自己可以做些力气活。陶端缙想了想，便说：“那就让你做钳工怎么样？”邓小平听后非常高兴，因为他 40 多年前在法国雷诺汽车厂做过钳工，没想到又能重操旧业了。

邓小平钳工技术精湛，他加工的零配件，质量没有不达标的。工人们在他工作台旁放了一把椅子，以便他劳动之余休息。南昌夏天极其炎热，细心的工人们又为邓小平制作了一架简易电风扇，以缓解酷暑炎热。

1970 年的一天，邓小平送别了利用探亲名义来江西和父母团聚的孩子们，仍回到工厂上班。然而身体的疲惫以及因孩子的处境而引起的伤感，使邓小平晕倒在工作台上，他面色苍白、满头大汗，工人们都慌了，赶紧扶着邓小平坐下。

卓琳闻讯赶来，望着脸色煞白的邓小平，眼泪簌簌地往下掉。她知道邓小平身体情况，估计是低血糖引起的，便问身边的工友程红杏：“小程，你家有白糖和开水吗？”

程红杏很快从家里端来了一杯浓浓的糖开水，卓琳马上喂邓小平喝下，邓小平醒了，工人们随之也松了一口气。卓琳感激地对大家说：“谢谢，谢谢了。”

邓小平虽然醒来了，但是步行还比较艰难。厂子小，没有车，只有用拖拉机送他们回家。陶端缙驾驶拖拉机的技术在厂里数一数二，他便亲自驾驶，为开得稳点再稳点，不到两公里的路程足足开了 20 分钟。现在这辆丰收 -27 型拖拉机就在小平小道陈列馆珍藏着。

在蛰伏等待中思考

小平小道是中国改革开放的策源地，在于它为邓小平提供了一个学习、观察、思考的相对宽松的环境。从 1969 年 10 月至 1973 年 2 月，在江西的这 3 年多时间，对邓小平而言是政治人生的低谷，但又是蛰伏等待的 3 年。他利用这个安静的环境，不断地学习、思考、提高，积极地锻炼身体，为领导改革开放做了充分的智力和体力准备。

下放江西时，邓小平从北京带来大量书籍。平日午饭后，他都会小睡片刻，然后阅读带来的书，除马列著作和毛泽东著作外，还有历史、文学、哲学、传记等方面的书籍。晚上 10 点上床后，他还会读一个小时的书。1971 年，邓小平给毛泽东写信说：“这两年我每天上午到工厂劳动，下午和晚上，看书、看报、听广播和做些家务劳动。”在江西的 3 年，邓小平得以超脱地观察复杂的政治局势，他系统地阅读了马列经典著作，并在学习中加深了对中国国情的认识，坚定了改革开放的信念。

较为宽松的环境也让邓小平的身体得到了锻炼和恢复。刚到江西时，邓小平身心疲惫，每晚要服用安眠药才能入睡。后来，生活、工作趋于稳定，他就开始锻炼身体，坚持用冷水洗头洗脸，每天坚持走路锻炼，饮食也得到较好保障，身体状况得到恢复。据邓小平的女儿邓榕说，“父亲在北京挨批的时间里身体消瘦，

▲ 将军楼

面容憔悴，到了江西后体重又开始增加，活动增加，一改刚来时的瘦削和憔悴，人胖了一些，精神也好了很多”，“多年来吃安眠药入睡的习惯也改掉了”。

健康的身体保证了邓小平能够为党和国家继续工作。在1973年他接到中央的回京通知后，感慨地说：“我还可以干20年。”事实上，邓小平回京后，确实又为党工作了20年。这是他人生经历中最辉煌的20年，也是受到国内外评价最高的20年。

小平小道是中国改革开放的策源地，在于邓小平改革开放的思想在这里孕育。在学习和锻炼之余，小平同志有了更多的时间来进行思考。他在小平小道上一天又一天地走着，对“文化大革命”、社会主义本质、发展生产力、科学技术、国际环境等问题都有了较为深入的思考。这些思考成为改革开放思想的萌芽，为后来的全面整顿及改革开放奠定了思想基础。1986年12月，邓小平在会见贝宁总统时说：“‘文化大革命’中我被打倒两次，这种经历并不都是坏事，使我有机会冷静地总结经验。因为有了那段经历，我们才有可能提出现行的一系列政策，特别是提出怎样建设社会主义的问题。”

在小平小道上，邓小平深深思索着社会主义的本质。行走在小平小道3年多的时间里，邓小平广泛接触了革命老区的社会状况，对最基层人民的生活有了更直观的了解，对社会主义本质有了自己的思考和认识，开始有了“贫穷不是社会主义”这一基本观点。有一次，一位工人家长仅仅因为孩子把买来的豆腐摔得稀烂而痛心不已，把孩子狠狠地打骂了一顿，那块豆腐是他下了好久的决心才决定买来做“大餐”改善生活的。这件事给邓小平留下了很深的印象，让他清晰地认识到，能否发展经济、解决贫困问题、提高人民生活水平，才是检验社会主义是否成功的重要指标。

在新建的日子里，邓小平通过改装的收音机了解到世界各国的经济发展情况，也意识到了加强对外交流、引进欧美等发达国家的先进技术和设备，是促进中国现代化发展的有效途径。邓小平复出后就针对工业现代化，提出“要引进新技术、新设备，扩大进出口”，“要实现四个现代化，就要善于学习，大量取得国际上的帮助。要引进国际上的先进技术、先进装备，作为我们发展的起点”。“文化大革命”刚结束，他就亲自前往美国、日本等进行考察。美国、日本的先进技术设备，大量的低息、免息的资金得以进入中国。他鼓励发展外向型经济。20 世纪初就留学法国的邓小平在江西目睹了中国落后的劳动生产力，对中国与西方国家的差距有了更为清醒的认识。他在瑞金考察时尖锐地指出：“和西方国家比起来，我们最少落后四十年，还需要努力。”

小平小道是中国改革开放的策源地，还在于它是邓小平领导全面整顿及改革开放的行动起源之地。如果没有小平小道上的3年，就没有1975年小平同志复出后大刀阔斧的整顿和1978年以后改革开放大胆而强有力的举措。卓琳同志说："通过三年的观察，邓小平更加忧思国家的命运前途。通过三年的思考，他的思想更加明确、思路更加清晰、信念更加坚定。这些，对于他复出不久即领导进行全面整顿，以及在党的十一届三中全会后制定新时期路线方针政策产生了直接影响。"1975年1月，邓小平接替病重的周恩来总理主持国务院工作，他把在小平小道上的思考用于国民经济建设的实践中，立即大刀阔斧地领导整顿。

小平小道是一条特殊的小道。邓小平风雨无阻来来回回在这条小道上走了三年零四个月，这期间，乱象丛生的境遇、跌宕起伏的故事时时都在上演，他观察着，思考着，等待着，用自己坚实而稳健的步伐走出了一条解放思想、实事求是、改革开放的大道。如今，中国国力早已今非昔比，中华民族正无比接近伟大的民族复兴。在尽情享受改革开放辉煌成果的时候，我们不应忘记，南昌市郊这条普通的小道对中华民族产生的深远影响。

卓琳说："从小平小道延伸出去的，是一条通往国家富强、人民幸福的中国特色社会主义康庄大道。"事实证明，小平小道是中国改革开放的策源地，是邓小平蛰伏等待之地、改革开放的思想孕育之地和行动起源之地。

第四节
耀邦陵园地——共青城富华山

初冬时节，鄱阳湖上碧波万顷，雁鸣阵阵，一群群白鹭在空中自由地飞翔。1990年12月5日，在家属和工作人员的护送下，胡耀邦回到了鄱阳湖畔的共青城，长眠安息在富华山上。在红色江西的这片青山绿水间，胡耀邦曾倾注了无数心血，寄托了无限希望，而今又魂归于此。

胡耀邦同志把自己的一生献给了党和人民，他的心永远和人民在一起。

两到共青城

1955 年 10 月 15 日，上海青年志愿垦荒队 98 名队员，响应党的号召，来到鄱阳湖畔江西德安县九仙岭下，开始了艰苦的垦荒创业。当时这里是一片杳无人烟的荒漠滩涂，生活条件十分艰苦。60 多年过去了，如今一座生态宜居、蓄势待发的现代化新城已拔地而起。它有一个洋溢着青春朝气和奋斗精神的名字——共青城。

▲ 共青城鸟瞰

胡耀邦与共青城结下了不解之缘。

共青城坐落于九江市南部，东与庐山市相邻，北和德安县接壤，南和西与永修县毗邻，辖区面积 310 平方公里，人口不到 20 万，是江西最年轻的城市，也是全国唯一一个以共青团的名字命名的城市。胡耀邦曾三次来到这里，前两次是鼓励青年开荒、创业，第三次则是长眠安息于此，成为这座城市永久的一员。

1955 年 11 月 29 日，时任团中央书记处第一书记的胡耀邦专程来德安看望垦荒队员。那时德安到九仙岭没有公路，胡耀邦坐了一段铁路压道车，下车后又冒着寒风徒步 10 多公里，来到鄱阳湖畔沼泽滩涂地上看望垦荒队员。

当年的老垦荒队员还清晰地记得，胡耀邦衣着简朴，穿一件深蓝色中山装。胡耀邦同他们握手时，发现垦荒队员一双双手满是血泡，他被感动了，动情地对大家说：“你们辛苦了！”

胡耀邦不顾路途劳顿，沿着山间小道登上荒坡，一一察看了垦荒队的宿舍、饭堂、牛棚、猪圈和新开垦的梯田。他鼓励队员们要不怕困难，开动脑筋，想办法，多积肥，多搞一些副业，增加收入。

胡耀邦和队员们一道吃了一顿只有稀饭、炒黄豆、萝卜干的午餐。饭后，垦荒队长周文英请他给这里取个名字，胡耀邦沉吟道：“噢，还没名字，叫共青社怎么样？”现场没有毛笔，胡耀邦便用筷子夹着药棉题下了“共青社”三个遒劲的大字。于是，共青城有了自己的“乳名”。

回京后，胡耀邦用自己的稿费买了二胡、唢呐、三弦、篮球等文体用品邮寄给共青社。

1978 年秋，团的十大召开前夕，胡耀邦看到共青社发展情况的汇报信后非常高兴，并接受请求，第二次为共青社题写了新场名“共青垦殖场”。这五个大字竖立在总场办公楼上，激励着共青人奋发向上。

1984 年 12 月 12 日，时任中共中央总书记的胡耀邦来到阔别29年的共青垦殖场，再次看望共青人。这时的共青，年产值已达6000多万元，拥有全国最大的羽绒厂和江南最大的低度饮料酒厂，产品远销30多个国家和地区；场区人口8000多，有繁华的商业区和配套完整的文化、教育、医疗设施，建筑面积达20多万平方米，规划2000年产值翻四番，总收入达6亿元。听了场领导的详细汇报后，胡耀邦高兴地对身边陪同的江西省委领导说："这叫'星星之火'，如果江西有这么100个点，就是600亿啊，那就不是翻一番了！"

当场领导邀请总书记明年再来共青参加垦荒30周年庆祝会时，胡耀邦说："啊，你们30岁就做寿啊！"接着，他建议将庆祝会改名为回忆联欢会，并要求与会代表"要以青年为主，不要请好多领导人来，不是向我们表功，而是向青年人进行教育。这是很有意义的事。这些青年是下一个世纪我们国家的栋梁、骨干，这是真正的智力投资"。在谈到场里准备和江西大学合办个共青学院时，胡耀邦说："不要图虚名，要办实事。"

午餐时，餐桌上丰盛的酒菜，都是共青人自己生产的。胡耀邦感慨地说："记得1955年我来这里，当时你们生活很苦，我也无力提高你们的工资，只好陪着你们喝稀饭，吃咸菜，吃的还是你们的口粮。现在你们生产上去了，收入这样多，要注意改善职工的生活，工资要年年有所增长。"

午餐后，胡耀邦与17名老垦荒队员合影留念。胡耀邦亲切地对他们说：“17加我一个，共18个，18棵老松！我们是‘垦友’，是‘棚友’。”幽默而温暖的称呼，一下子就拉近了共青人和总书记的距离。

在老垦荒队员于维忠那个纸张发黄的笔记本上，29年前胡耀邦曾题写过“决心为共产主义奋斗！”九个字，而这一次，他又挥笔写下“有志者事竟成”。同时为新一代共青人题词：“光荣属于八十年代的新一辈！”视察结束时，应共青人的请求，胡耀邦第三次欣然挥毫，题写了“共青城”三个大字。

此后，胡耀邦一如既往地关心着共青城的发展，多次语重心长地嘱咐：“你们是共青城，要永远朝气蓬勃，永远年轻！要加快发展，永不停步！”

魂归富华山

1989年4月15日，胡耀邦在北京逝世，享年73岁。

胡耀邦夫人李昭回忆说：“1989年4月8日，耀邦吃完早餐后，准备去怀仁堂出席中共中央第十三届中央政治局第十七次会议，讨论《中共中央关于教育发展和改革若干问题的决定（草案）》。

会议中途，耀邦胸口有点难受，缓缓站起来，并自言自语道：‘我胸闷，难受。’坐在旁边的人赶快将他扶回座位上。他紧闭双眼，面如土色，不能说话。中南海保健处的医护人员迅速赶到，接着北京医院、北京阜外医院和协和医院的心血管病专家们也火速被接到现场。经专家们会诊，确定耀邦患的是突发性大面积急性心肌梗塞、合并心源性休克及心律失常、阵发性心房扑动、房室传导障碍。下午，专家们认为他病情稍微稳定，可以上救护车了，随后被送往北京医院继续治疗。住院期间，耀邦的病情时好时坏。4 月 15 日清晨，他说：‘我住院七八天了，今天打扫一下卫生才好。’身边的工作人员拿来刮胡刀，替他刮了一下胡须，梳理了一下头发。静躺大解后，吃了西瓜，还和我们讲了话，问身边的工作人员：‘外边情况怎样？’就在这时，他突然表情痛苦，讲不出话来，虽经医务人员竭力抢救，但已无力回天。”

共青人惊闻噩耗，万分悲痛。4 月 22 日，时任共青垦殖场党委书记于维忠一行 4 人，赶赴北京参加胡耀邦追悼大会和遗体告别仪式。当天，在共青垦殖场内，全场工厂企业停产半天，全体干部职工收看中央电视台关于胡耀邦追悼大会实况转播。4 月 28 日，共青垦殖场总场在南湖影剧院举行悼念胡耀邦大会。

将胡耀邦的骨灰安葬在江西共青城，是李昭向中央提出的。

李昭解释了选择共青城的理由：“一、江西是耀邦的祖籍。

他的祖先世代居住在江西省高安县，远祖胡允钦在明朝万历年间才携家眷离开故土，到了湖南浏阳。耀邦是胡允钦的第二十代孙。索源寻祖，人们对先祖的出生地总是永怀眷恋之情。二、耀邦从小参加革命，是大家熟知的‘红小鬼’，他在江西革命根据地工作、战斗过多年，江西是他革命的发祥地。三、也是最重要的一条，耀邦担任团中央书记时，对江西共青城的建设，起了决定性的作用，那里留有他风尘仆仆的身影和热情爽朗的笑声。”

▲ 胡耀邦陵墓

共青城的青山绿水是胡耀邦生前魂牵梦绕的地方，他与共青人之间的深厚情感，永远无法磨灭。在得知家属有意让胡耀邦安息于共青城时，共青人都非常欣慰。于维忠立即代表第一代老垦荒队员和所有共青人，来到胡耀邦家里。他真诚地说："希望我们的老书记，最后安息在我们共青城。共青城是在老书记的大力支持、热情关怀、精心呵护下，凭着几代共青人的辛勤劳动，硬是用我们的双手和汗水，把曾经遍地是蚂蟥、污泥、血吸虫的荒草滩，建设成了一个朝气蓬勃的美丽的花园城市。老书记两次来共青，三次为我们题词，倾注了好大的心血。我们共青人真诚希望老书记安息在我们共青城，继续陪伴着我们，永远陪伴着我们，让他目睹我们共青城的青年们继续艰苦奋斗，实现他的理想，把共青城建设得更加美丽，更加繁荣，让他跟我们共同分享我们劳动收获的快乐。我们永远和老书记在一起！"

当时，胡耀邦家乡湖南浏阳的乡亲们也表示希望浏阳河边走出去的党的领袖能够魂归故里。李昭慎重考虑后，说："谢谢家乡父老，不用了，就在共青城吧。"浏阳县委书记又请求，可否分出一半骨灰放到浏阳去安葬。李昭婉言谢绝说："耀邦他是一个完整的人，没有几副面孔，他的身体也不应该再分开，全部都安放在共青城吧。"

在选择墓址时，忠厚的共青人提供了全城最好的地方——七墩林。这里是共青城内一座小小的公园，是市民休闲游玩的去处，共青垦殖场的场部就在七墩林的对面。然而，胡耀邦的子女们谢绝了。他们说：“公园是人们放松身心的地方，在这里拱起一座墓地，会让人感到沉重。父亲生前最害怕侵占群众利益，死后怎么能与群众争地呢？”最后，他们远离繁华喧嚣的市区，选择了鄱阳湖畔一座荒山。这座光秃秃的红土小山包，当时连名字都没有。李昭说，就取名“富华山”吧。中华民族的富强，正是胡耀邦毕生的追求和梦想啊！

1990 年 12 月 5 日，胡耀邦的骨灰由时任中共中央书记处候补书记、中央办公厅主任温家宝和中央办公厅、老干部局、警卫局、秘书局领导、耀邦同志夫人李昭率全家以及胡耀邦生前身边工作人员一行 61 人护送着，从北京登机南飞，来到了他曾寄予热切希望的共青城，安葬在富华山的耀邦陵园。

在陵园门楼上，有胡耀邦生前手书对联：“心在人民，原无论大事小事；利归天下，何必争多得少得。” 这正是胡耀邦一生的真实写照。

胡耀邦生前最热爱绿色。他一直号召共青团员们植树造林，绿化祖国，把那些荒山野岭、沙漠戈壁都披上绿装。所以，一代又一代的共青人用植树造林来寄托对胡耀邦的思念。如今站在富华山顶，昔日寸草不生的荒凉景象已是遥远的记忆，取而代之的是一片郁郁葱葱的森林，苍松翠柏，绿树成荫，花团锦簇，欢声笑语。这里已是老百姓休闲旅游、陶冶性情的森林公园了。

曾记否，1985 年 8 月，在给共青城新、老建设者的信中，胡耀邦充满激情地写道：“今天，在我们党领导十亿人民进行改变自己命运的社会主义现代化建设的伟大实践中，仍然需要大力发扬你们这种极可宝贵的垦荒精神。中国人民的光明前途要靠自己用双手去开辟。让我们继往开来，再展宏图，一往无前地为共产主义壮丽事业英勇奋斗。”

在垦荒奋斗的征程中，共青人永远年轻！

第三章

“一营”“一人”　血铸忠魂

第一节
烈火炼狱——上饶集中营

南方进入雨季之后，气候闷热而潮湿。在上饶县皂头镇李家村，有一间低矮而狭小的囚室，红石木瓦，不通风，不见阳光，单门独院，四周砌着高高的石墙，院内院外有一队荷枪实弹的哨兵严密看守着。新四军军长叶挺就被关押在这里。他衣衫褴褛，容颜憔悴，却依旧昂头挺胸，目光如炬。他站起身，满腔愤慨，挥笔在石墙上写下："三军可夺帅，匹夫不可夺志！"

那坚贞不屈的誓言如同一道光，照亮了昏暗的囚室，也照亮了中国革命史的一个重要时刻。

千古奇冤

1937 年 7 月 7 日，是中国人民永远无法忘却的日子。

日本侵略军悍然发动卢沟桥事变，开始了全面侵华战争，妄图把中国变成日本的独占殖民地。全国人民义愤填膺，抗日救亡的呼声空前高涨。"七七事变"的第二天，中共中央通电全国，号召中国军民团结起来，共同抵抗日本侵略者。在这种形势下，蒋介石于7月17日在庐山发表谈话，宣布对日作战。抗日战争全面爆发。

在中华民族处于危亡的关头，中国共产党以国家民族利益的大局为重，决定捐弃前嫌，与国民党进行第二次国共合作，积极推动抗日民族统一战线的发展。为了团结御侮，国共两党经过谈判，决定将中国共产党领导的革命武装改编为国民革命军。8月中旬，将陕北的中央红军改编为国民革命军第八路军，由朱德任总指挥，彭德怀任副总指挥；10月12日，将湘、赣、闽、粤、浙、鄂、豫、皖南方8省的红军游击队改编为国民革命军陆军新编第四军（简称“新四军”），由叶挺任军长，项英任副军长。

在南方的战场上，新四军将士英勇无畏，打出了中国人的铮铮铁骨。

1938年5月21日，新四军首次对日军作战，在安徽巢县蒋家河口战斗中取得胜利。6月17日，粟裕率领先遣支队挺进长江以南，在江苏丹徒韦岗伏击日军，东进首战告捷。随后，在新四军第一支队司令员陈毅的指挥下，6月30日，新四军夜袭新丰车站日军据点，全歼守敌58人。一系列的重大胜利，使不可一世的日军大为震惊，也让南方的老百姓看到了民族的希望。当地的老百姓评价说：“新四军穿得破烂，好多人都没枪，只能拿根长矛，只能靠缴获，但是敢打日本！”1938 年底，新四军在苏南敌后创建了茅山抗日根据地。

然而，就是这样一支以民族大义为重、奋勇抗敌不怕牺牲的队伍，却让国民党反动派深感惧怕，欲除之而后快。他们不是在军事装备给养上刁难克扣、拖延时日，就是派出特务进行破坏、挑起事端，妄图限制新四军的发展。

1940 年 10 月，国民党政府军事委员会对中国共产党及其领导的武装力量进行种种攻击和诬蔑，并强令在黄河以南坚持抗战

▲ 上饶集中营革命烈士纪念馆

的八路军、新四军于一个月内全部开赴黄河以北。面对国民党顽固派发动的新的反共高潮，中共中央为顾全大局，坚持团结抗战，决定作出让步，同意令新四军驻皖南部队开赴长江以北。谁料蒋介石却罔顾民族大义，秘密下达《解决江南新四军方案》，计划调兵围歼新四军部队。

1941 年 1 月 4 日，叶挺、项英率领新四军军部、一个教导团、一个特务团和第一支队、第二支队、第三支队的各两个团共 9000 余人，分 3 路纵队，按照国民政府军事委员会北移的命令，离开皖南北上。6 日，部队行进到安徽南部泾县茂林地区。这里丛山环绕，断崖绝壁，地形十分复杂。国民党反动派预先埋伏了由顾祝同、上官云相指挥的 7 个师 8 万余人，突然对新四军进行包围袭击。新四军指战员在叶挺军长的指挥下，奋不顾身，英勇抗击，血战七昼夜，终因寡不敌众，弹尽粮绝。部队 2000 多人壮烈牺

牲，4000多人被俘，1000多人失散或失踪，仅2000多人突出重围。军长叶挺亲赴敌一〇八师师部谈判，竟被扣押，副军长项英、参谋长周子昆、政治部主任袁国平等皆遇难。

这就是震惊中外的“皖南事变”。

1941年1月17日，蒋介石竟以国民政府军事委员会名义发布命令，诬蔑新四军“叛变”，宣布取消新四军番号，将叶挺“革职”“交军法审判”。国民党掀起了第二次反共高潮。中共中央和毛泽东先后发布命令和谈话，严词驳斥国民党反共罪行。中共中央军委副主席周恩来闻讯后，悲愤不已，挥笔题词：“千古奇冤，江南一叶；同室操戈，相煎何急？！”

一时间，全国上下群情激愤。国民政府却不顾共产党和爱国进步人士的正义呼声，秘密发文，指定第三战区司令长官顾祝同“负责主持”被俘新四军官兵的“管训工作”，向被俘新四军官兵灌输反动思想，逼迫他们自首变节。

于是，一座法西斯集中营在上饶设立了。

血染的囚歌

上饶集中营是一座规模庞大的法西斯式的人间地狱。

在距离上饶市区东南大约十里处，有几个方位不同的村庄，分布在偏僻的山中，村名就叫周田、李村、七峰岩、茅家岭等。国民党把这里的村民强行迁走，强占民房，改造成秘密监狱。其中，周田监狱是上饶集中营的大本营，700多名皖南事变中被俘的新四军排以上干部，以及150多名从东南各省地方上搜捕来的共产党员和爱国进步人士都被囚禁在这里。茅家岭监狱则是最黑暗、最残酷的“狱中之狱”，被称为“活地狱”，大批革命意志坚定、被国民党特务队长认为“最不堪感化”的革命志士被轮番关押在这里。这些监狱所在地的村庄都架设了铁丝网，周围树木都被砍伐殆尽，岗哨林立，日夜巡逻，警戒森严。

新四军军长叶挺先是被关押在七峰岩监狱。几天后，叶挺和他的随员被拆散开来，他被单独关押在一座庙堂里，随员们则被绳索捆绑，钉上脚镣，投入了暗无天日的山洞。后来，又把叶挺一人从七峰岩的庙堂里接出来，安排到李村一个单独院落里监禁。这里原是当地农家储藏谷物的仓库，为红石木瓦平房，里面阴暗而潮湿。

蒋介石对北伐名将叶挺的军事才能一向很“欣赏”，多次诱骗威逼，妄图“收买”叶挺，都被叶挺严词拒绝。陈诚受蒋介石的指派，企图说服叶挺到国民党领导的军中任职，叶挺始终不答应。张发奎劝他到柳州去，在张所在的第四战区司令部任副职，叶挺愤慨地说：“在这个世界上只有站着死的叶挺，绝没有爬狗洞的革命者！”叶挺从被扣押之日起，多次要求“公开军法审判枪毙”。在写给蒋介石的信中，叶挺大义凛然地提出：“恳准判挺以死刑，而将所部被俘干部不问党籍何属，概予释放，复其自由”，并多次向蒋介石提出“挺愿以一死为部属赎命”，“不愿苟且偷生”，“愿保其真情而入地狱”。

直接制造皖南事变的刽子手第三战区司令长官顾祝同是叶挺在保定陆军军官学校的同学。在李村监狱，顾祝同每天以美酒佳肴宴请叶挺，表面上彬彬有礼，叙旧交，谈友情，待之以上宾。对于顾祝同的拉拢引诱，叶挺义愤填膺，拍案抗议。不管敌人怎样威逼利诱、软硬兼施，叶挺明确地回答敌人：“叶挺头可断，血可流，志不可屈！”

叶挺始终像磐石一般不可撼动，坚贞不屈，英勇斗争。在囚室的墙壁上，他挥毫写下了“富贵不能淫，威武不能屈。正气压邪气，不变应万变。坐牢三个月，胜读十年书。三军可以夺帅，匹夫不可夺志！”的光辉词句，表达了他革命必胜的信念、坚定不移的革命立场和不屈不挠的斗争精神。

叶挺麾下的新四军将士同样坚贞不屈。

在上饶集中营，国民党反动政府打着“军事训练机关”的幌子，强迫新四军官兵换上国民党军服，衣服上佩戴“更新”臂章，妄图通过“管训”向新四军被俘人员灌输反动思想，从而在政治上、思想上瓦解他们的抗日意志，将他们转化为反革命的力量，为国民党反动政治效劳。如果不从，就使用酷刑，对新四军官兵进行惨无人道的折磨。

在折磨革命者的囚室中，老虎凳、铁榔头、铁铲、火盆、烙铁等刑具上血迹斑斑，“金（用针刺肝脏）、木（棍打）、水（灌辣椒水）、火（用烧红的铁板烙烫）、土（活埋）、风（脱光衣服在寒风中挨冻）、站（站铁刺笼）、吞（吞食跳蚤、虱子等）、绞（绳套脖子）、毒（饭菜里下毒）”十大酷刑惨无人道。还有一种极为残忍的刑罚叫“猴子抱桩”，就是将被囚人员的十个指头用细麻绳绑在劈开口子的木桩上端，然后用木楔从木桩裂口打入，使木桩上端不断胀开，让细麻绳嵌入手指皮肉，十指连心，惨不忍睹。

被俘的新四军干部和抗战爱国民主人士，在狱中遭受政治上诱骗、精神上摧残、肉体上重刑与残杀，世所罕见，惨无人道。由于集中营的法西斯暴行，许多新四军将士在狱中英勇牺牲。1942 年 6 月 19 日下午，国民党反动派将 75 名革命志士绑赴一片茶树林里，进行集体屠杀。刑场上，革命志士们昂首挺胸，不断高呼：“打倒国民党反动派！”“中国共产党万岁！”情景之壮烈，足以惊天地，泣鬼神。

在正义与邪恶的决斗中，在威胁、利诱及重刑折磨的考验下，革命志士始终威武不屈，视死如归。一首由新四军战士集体创作的《一月的雪花》在狱中传唱着：

一月的雪花，
飞遍了皖南，
雪花掩盖着同志的鲜血。
为了进向敌后去抗战，
我们曾顽强地战斗不歇。
被俘到如今，
已过了一年，
我们天天在痛苦中熬煎。
为了反抗法西斯强盗，
我们不怕那无情的皮鞭！

有朝除无道，重建好河山。新四军战士与敌人斗争到底的意志是打不垮的！

斗争才有出路

被关押在上饶集中营的新四军战士，虽然遭受了极为残酷的对待，但他们的革命意志从未消减。为了反抗敌人的残酷迫害，他们在狱中秘密建立了党组织，组织领导对敌斗争。针对国民党的残酷迫害，他们进行反感化斗争，引导被囚革命志士“坚持革命气节，反对屈膝投降”，鼓舞大家“团结就是力量，斗争才有出路”，“至死不屈，临刑不惧，为革命争光，为历史争光”。

要想冲出敌人的牢笼，就不能寄望于敌人的仁慈。只有斗争才有出路！上饶集中营的党组织决定“以牙还牙”，用暴力对抗凶恶特工的迫害，实施暴动越狱，先后组织了两次成功的越狱暴动。一次是茅家岭暴动，另一次是赤石暴动。这两次暴动，是集中营斗争的高潮。

第一次是茅家岭暴动。

1942 年 4 月，囚禁在茅家岭监狱的 5 名共产党员王传馥、李胜、陈子谷、宿士平、吴越组成暴动委员会，组织领导了茅家岭暴动。参加暴动的有 26 名革命志士，其中绝大多数是共产党员，年龄最大的 32 岁，最小的才 20 岁。

1942 年 5 月，日军进攻浙赣路，从浙江的萧山、诸暨直入金华、衢州，上饶吃紧，集中营准备撤离。5 月 25 日，监狱的敌卫兵排长和几个班长都到连部开会或有事外出，有的卫兵则到上饶城里去玩了，只留下七八个卫兵在看守，敌人警戒较为松懈。暴动委员会抓住监狱看守人员较少的有利时机，发起了夺枪暴动。

26 名革命志士分为两组。这一天傍晚，一人假装方便来到大门口，另一人借打水洗澡为由，也到了大门口。说时迟那时快，只见负责指挥的人毛巾一挥，大门一关，一齐动手。一瞬间，负责缴枪的同志与卫兵扭作一团，终于缴下了第二道岗哨的枪，其余人员分成两组冲进卫兵室缴枪。当一组冲到第一卫兵室夺枪时，有一个卫兵妄图顽抗，但见到持着手榴弹的暴动人员冲进来，吓得溜进了厨房。第一卫兵室顺利解决了。

另一组冲进第二卫兵室，两个卫兵站在床前，枪支放在床边，一见此情，忙准备去拿枪，这时已抢先得到枪的战士亮出刺刀，大声喊道："不许动！谁动就刺死谁。"两个卫兵吓得浑身哆嗦，连声求饶，被集中关押到一间囚房中。随后，战士夺得了机枪，前后不到三分钟，就将大门内卫兵解决了。

参加暴动的志士们奋力砸开监狱西侧大门冲了出去，趁着夜色奔向武夷山，去寻找共产党领导的游击队。这次暴动，共夺得轻机枪 2 挺、手提机枪 2 挺、步枪 8 支、手榴弹 39 枚。除钟袁平、王传馥因受伤被捕而惨遭杀害外，其余 24 人胜利冲出牢笼，大部分重新找到了革命队伍。

第二次是赤石暴动。

茅家岭暴动的胜利，极大地鼓舞了上饶集中营的革命志士。在茅家岭暴动成功的20天后，在集中营转移的途中，他们举行了全队集体大暴动。

6月17日，队伍行进到崇安赤石。这里有一条崇阳溪河，过了河便是武夷山脉，山峰连绵、林木茂密，对发动暴动来说地形非常有利，加上时近黄昏，时间也有利。领导暴动的陈念棣、王东平、阮世炯、赵青选4位同志，趁在河边待渡，迅速交换了意见，决定一过河就行动。

此时，领导暴动的一人假装要小解，站起来离队发出信号，他用低沉而激动的声音唱起《黎明曲》的引子：“啦，啦，啦……”听到暴动准备的信号，大家心照不宣，个个绷紧心弦，悄悄地做了最后准备，换上了新草鞋，清理了背包，多日的疲劳一扫而尽，等待着那个神圣的时刻。

时机一到，领导人把手一挥高呼：“同志们，冲啊！”顿时，如山崩地裂，100多名同志展开了一个大扇面，有的和特工、宪兵夺枪搏斗，有的风驰电掣般向对面山峰冲去。这一突如其来的行动，把担任押解任务的特工、宪兵惊呆了。等到他们回过神来，许多同志已涉过水田，跳过水沟，进入了丘陵地带。特工队长下令向暴动人群开枪扫射，子弹乱飞，少数同志倒了下去，但大部分暴动人员跑入了深山老林。过了很久，枪声才渐渐稀落了。

夜幕降临，大家从四面八方向山头汇集。“咕，咕，咕！”“咕，咕，咕！”大家互相回应着联络的信号，拉藤攀葛，披荆斩棘，奔向集合点。到达山顶时，大家热烈拥抱，挥舞着双手高呼：“我们胜利了！”

这次暴动有60多人胜利突围。他们纷纷奔赴武夷山脉，去寻找共产党领导下的闽北抗日游击队，重返抗日前线，回到了新四军怀抱。

茅家岭暴动和赤石暴动的胜利，是上饶集中营革命斗争的高潮，是中国共产党领导下的抗击国民党反动派监狱斗争的空前壮举，在中国共产党的历史和人民革命斗争史上写下了光辉的一页。

这两次暴动中成功逃离虎口的革命志士，在中华人民共和国成立后很多都成为省级干部。其中，被授予少将军衔的曾任南京军区政治部顾问的陈茂辉少将，曾任福州军区军事法院院长、赣州军分区司令员、福建龙岩军分区政委、上饶军分区政委的李胜，曾任江苏省副省长的汪海粟，曾任总后勤部卫生部长的开国大校陈念棣等数十人，都成为新中国的栋梁之材。

从1941年1月17日叶挺将军被关押进李村监狱至1942年6月5日第三战区司令长官司令部移迁闽北止，集中营在上饶的实际时间为1年零4个月。在这里，面对威逼利诱和严刑拷打，被囚禁的共产党人和革命志士，以高度的政治觉悟、政治纪律和坚强的革命意志，与国民党顽固派进行了坚贞不屈、英勇无畏的斗争，有力地打击了他们的嚣张气焰，挫败了他们妄图从政治上、精神上瓦解抗日革命队伍的阴谋，表现了革命志士为捍卫真理，不怕牺牲、英勇抗争的坚定信念和伟大的爱国主义精神，在中国革命史上建立了彪炳千秋的历史功绩。

第二节
伟大的无产阶级革命家——方志敏

隆冬时节，大雪覆盖了怀玉山，四处白茫茫一片，只有峭壁上的青松傲雪挺立着。方志敏奉命率红军北上抗日，在皖南遭国民党军重兵包围，他带领先头部队奋战脱险，但为接应后续部队，复入重围，终因寡不敌众，在怀玉山中被俘。两个国民党士兵搜遍了他全身，除了一块怀表和一支钢笔，没有一文钱。在群山和白雪的映衬下，身无分文的方志敏如青松般身姿挺拔，显得格外高大而伟岸。

因为，在他的心中，装着一个可爱的中国。

一个光明的渴求者

在赣东北的群山中，有一座风景秀丽的小村，村前有三口清澈的池塘，村后山坡上长满了高大的枫树，这便是弋阳县漆工镇湖塘村。1899年8月21日，方志敏出生于湖塘村的一户普通农家。当时，村里有80余户人家，其中欠租欠债、朝不保夕的就有70余户，生活十分困苦。虽然方家上下30余口人，算是村中大户，家境尚可，然而农村穷困、衰败和黑暗的现实深深刺激了方志敏，在他的心中早早埋下了反抗的种子。

8岁那年，方志敏入私塾读书。他天资聪慧，勤奋好学，后又转入当地富绅张念诚创办的烈桥学堂搭学。然而，搭学两年后，方志敏看到张念诚为富不仁，欺压佃户以至逼死人命，不由得义愤填膺，毅然退学，辍学后不得不回家干农活。其间，他对农民的疾苦有了更深刻的了解，心中暗暗发誓要改变这种不平等的状况。1916年秋，方志敏考入弋阳高等小学堂，取学名为志敏。

▲ 方志敏故居

在弋阳求学三年，方志敏与邵式平同班，两人志趣相投，结为至交。他们一起组建了进步团体“弋阳九区青年社”，以“铲除黑暗，追求光明”为目的，团结弋阳的进步学生，积极开展反帝反封建的爱国活动。

据邵式平回忆，方志敏聪颖出众，能说能干，文章写得好，斗争性强，就像一块大磁铁一样，把同学们都团结在周围。当时，大地主张念诚想当省议员，叫手下去买选票。方志敏知道，张念诚要是当上了省议员，不知道要做出多少坏事来。于是，方志敏连夜写了一篇题为《张念诚十大罪状》的小字报，并抄了好几份，张贴在县城最显眼的地方，引发对张念诚的一片反对声。最终，张念诚没能当上省议员，民众拍手称快。这件事后，方志敏疾恶如仇的名声随之传播开来，在弋阳有了较好的群众基础。

1919 年五四运动前后，各地掀起反帝爱国浪潮，这也让方志敏的思想得到启蒙，政治意识逐渐觉醒。强烈的爱国热情和对劳苦大众的深刻同情促使他开始寻求救国救民的真理。他说:“我是一个黑暗的憎恶者，我是一个光明的渴求者。”

1919 年秋，方志敏抱着“工业救国”的理想，来到省城南昌，进入江西省立甲种工业学校学习。在校读书期间，他积极投身反帝爱国运动，带领爱国青年游行示威，抵制日货，成为反帝爱国运动的主要组织者，被推选为校学生自治会的领导人和南昌学生联合会的负责人。当时，甲工学校在亲日派校长赵宝鸿的把持下，腐败不堪，黑幕重重，与“实业救国”理想完全背道而驰。1921 年春，方志敏领导学生们开展了驱逐校长赵宝鸿的“驱赵风潮”，要求改革校政。然而，校政未改，方志敏却因此被开除了学籍。

在苦闷中求索的方志敏愈加渴求光明。

不久，他加入了江西第一个革命团体“江西改造社”，誓将“黑暗的旧江西”改造成“光明的新江西”。他积极参与社刊《新江西》的编辑，论国事，抨时政，先后发表了《私塾》《哭声》等小说、诗歌。他开始转向阅读《新青年》《东方杂志》等进步书刊，学习《马格斯资本论入门》《共产主义 ABC》《共产党宣言》等著作，并在同学们中间宣讲“什么是社会主义”“怎样才能实现社会主义”等。这让方志敏在救国道路的认知上有了极大的转变。在当时各种思潮相互激荡的社会背景下，他通过学习、思索、比较，最终选择了马克思主义。

为了寻求革命真理，1922 年 7 月，方志敏来到上海，结识了赵醒侬等共产党人，直接受到党的教育和影响。1922 年 8 月，经赵醒侬介绍，方志敏在上海加入了中国社会主义青年团。9 月，他被派回南昌，成立了江西第一个传播马克思主义的阵地——南昌文化书社，为在江西建立地方党团组织做了思想上的准备。次年 1 月，中国社会主义青年团南昌地方团成立。3 月，方志敏在南昌加入了中国共产党。他激动地写道：“共产党员——这是一个极尊贵的名词。我加入了共产党，做了共产党员，我是如何的引以为荣啊！从此，我的一切，直至我的生命都交给党去了。”

从此，共产党的光明照亮了方志敏，方志敏也将生命融入了那一片光明之中。

方志敏忘我地为党的事业奋斗着。1924 年春，他协助赵醒侬筹建了中共江西特别支部，直属中共中央领导，为江西的革命斗争树立了领导核心。而后，他在南昌创办“明星书店”，开展革命宣传，并创办“黎明中学”，秘密培训进步青年，培养革命干部。“明星书店”“黎明中学”是继“南昌文化书社”之后江西党团组织新的活动据点。

方志敏生长于农村，了解农民的苦难，为农民求解放是他的心愿。为此，他深入农村，把农民组织起来，成立自己的协会，一起革命。他先是在南昌市郊扬子洲秘密开展农运工作，创建了全省第一个农民协会。1925 年夏，他回到了家乡弋阳县漆工镇湖塘村，创办贫农夜校和旭光义务小学，组织农民同当地土豪劣绅作斗争，秘密组建了赣东北第一个农民协会，为建立农村革命根据地奠定了基础。1925 年 7 月，国民党江西省党部成立，方志敏被选为执行委员兼农民部部长。

在方志敏的领导下，赣东北的农民运动日渐兴起。当时，北洋军阀政府设在漆工镇的警察派出所时常欺压盘剥百姓，收取的苛捐杂税多达 20 多种。1926 年冬夜，在方志敏革命思想的影响下，漆工镇 200 多名贫苦农民组成暴动队伍，冲进漆工镇警察派出所，砸毁了派出所牌子，抓获了几个正在聚赌的警察，还缴获了两条半枪（因为其中一条“九响毛瑟”被截去了半截枪筒，只能算半条枪）。这就是著名的“漆工镇暴动”。很快，方志敏“两条半枪闹革命”的故事就传遍了十里八乡。

中国革命的星星之火就这样在赣东北点燃了。

“方志敏式”革命根据地

1927 年，大革命失败，白色恐怖笼罩全国，无数共产党员和革命群众倒在血泊中。在革命的艰难时刻，方志敏丝毫没有动摇，他毫不气馁地说：“这次的失败，只能是暂时的，中国革命的复兴，革命新的高潮，必然要很快到来的……重起炉灶，再来干吧！”8 月 7 日，中共中央在汉口召开紧急会议，确定了土地革命和武装斗争的总方针，方志敏奉命去吉安一带发动农民运动。然而，到吉安后，方志敏发现吉安的党组织遭到严重破坏，工作难以开展，于是于8月底回到老家弋阳县。

在赣东北的大地上，方志敏举起了武装斗争的旗帜。

他和江西党团组织的战友邵式平、黄道一起，动员组织农民，发动了弋阳、横峰武装暴动。随后，他们在农民革命团中选拔骨干，组建了农民革命军，转入磨盘山中，开展游击战争。磨盘山处于弋阳、横峰、德兴三县交界处，深山密林绵延百里，地势险要，易守难攻，有利于武装割据。1928年5月，弋阳、横峰两县建立了苏维埃政府，以磨盘山为中心的弋横根据地由此形成。

弋横根据地环境封闭，条件艰苦，又有周边数县的反动武装围攻，创建之初连藏身地都很难找到。方志敏带领革命军克服重重困难，一切从当地实际和革命斗争需要出发，创造性地开展工作，深入推进土地革命。他运用“出其不意，攻其不备，声东击西，避实就虚”“吃得下就吃，吃不下就跑”等战术，多次粉碎敌人的围剿，不但巩固了弋横根据地，还不断开辟新的根据地，范围逐步“由弋横而信江，由信江而赣东北，由赣东北而闽浙赣”。

1929年10月，以方志敏为主席的信江苏维埃政府在弋阳成立，颁布了《苏维埃政府组织法》《土地使用法》等政策法令。1930年，新军阀混战为根据地的发展创造了有利条件，中共中央决定将闽北划入赣东北，改组成立了中共赣东北特委，方志敏当选为主席。同时，根据中央军委的决定，赣东北革命根据地的红军部队扩编组成中国工农红军第十军，在乐平众埠街举行了建军典礼，方志敏任赣东北军委主席。

此后，方志敏率红十军连战皆捷，以赣东北为中心区，建立了闽浙赣革命根据地，最盛时期横跨江西、福建、浙江、安徽四省区近50个县，人口100多万，成为全国六大苏区之一。1931年11月，方志敏当选中华苏维埃共和国临时中央政府、中央执行委员，并荣获中华苏维埃最高荣誉奖章——红旗勋章。因战事紧急，交通路线时通时断等原因，方志敏未到会，直到16个月后的1933年3月，才收到中共中央给他的信和红旗勋章。此外，获得过此荣誉的还有毛泽东、朱德、彭德怀、徐向前、董振堂、赵博生等。1933年12月，方志敏当选为闽浙赣省委书记、闽浙赣军区司令员。

在创建闽浙赣苏区的过程中，方志敏勇于打破陈规，敢于创新。在他的领导下，苏维埃政府在建党、建政、建军以及经济、文化建设等方面都有很好的创新，积累了极为丰富的经验。他首创了地雷战，把数百年来山区人民一直用来对付猛兽的“挨丝炮”改成地雷，设立了地雷部，成立了地雷队，还在横峰密坑创办了地雷厂，使造雷和用雷走向专业化、正规化。他尊重经济规律和市场规律，积极鼓励白区商人到苏区来做生意，特设18个对外贸易处统一负责物资购销，以货换货，等价交换，由过去在财政上主要靠打土豪收入为主，转变为主要通过苏区发展国民经济、扩大贸易来增加财政收入。他还大胆探索，发行了第一张红色股票，创立了第一所军事政治学校，首创了人民公园——列宁公园，创办了一批学校和文教卫生单位。这些做法都得到了中央的肯定。1934 年 1 月，中华苏维埃临时中央政府授予闽浙赣苏区“苏维埃模范省”称号。

当时有一个形象的说法：“南有朱毛，北有方邵。”以方志敏为代表的中国共产党人在赣东北创建的革命根据地，被毛泽东誉为“方志敏式”革命根据地。

为了可爱的中国

1934 年，中央苏区第五次反“围剿”失败，蒋介石调集几十万大军，妄图打垮中央苏区的红军。中央红军被迫突围开始长征。为策应中央主力红军转移，中央军委派出中国工农红军北上抗日先遣队，从瑞金出发，转战赣闽浙皖等地。11 月，先遣队到达德兴县，与方志敏领导的红十军会师，组建新的红十军团，对外仍然称北上抗日先遣队，由方志敏担任军政委员会主席。当时，中央红军已战略转移一个月，红十军团成了留在江南的唯一红军主力。方志敏临危受命，率部踏上了北上皖南的艰难征程。他说：“我下了决心去完成党所给我的任务。党要我做什么事，虽死不辞。”

北上抗日先遣队与中央红军主力遥相呼应，转战5600余里，展开大战300余次，小规模战斗数百次，像一把尖刀直插国民党统治的腹心地区。国民党南京政府大惊失色，紧急调集各省军队约20万兵力，对方志敏率领的先遣队8000余人实施围追堵截。1935年1月，在征战皖南40余天后，方志敏决定率部重返赣东北。在归途中，红十军团一连冲破敌人的四道封锁线。但是，在通过怀玉山封锁线时陷入敌人的重围，队伍被敌断成两截。方志敏率领800余人冲出了包围圈。然而，当发现大部队没有跟上来时，方志敏毫不犹豫，不顾个人安危，转头重入包围圈，去接应主力部队。17日，找到红十军团大部队，立即组织在玉山、德兴两县交界处突围，未获成功。18日，再次突围未果。此时，主力部队遭到国民党14个团的重重包围，情况万分危急。方志敏率部在怀玉山区与10倍于己的敌人血战了近10天，终因弹尽粮绝而陷于绝境。

1月27日，因被叛徒出卖，方志敏在怀玉山陇首高竹坑不幸被捕。被捕遭搜查时，令国民党军万万没有想到的是，像他这样重要的领导人，身上竟然没有一件值钱的东西，除了一支钢笔和一块旧怀表外，就是几套旧的汗褂裤与几双缝上底的线袜。方志敏毫无畏惧，只是感慨不能再继续革命，他痛心地说：“十余年积极斗争的人，在可痛的被俘的一天——一九三五年一月二十七日以后，再不能继续斗争了！”

2月2日晨7时，方志敏等人被四辆铁甲车用木笼子从玉山押入南昌，关押在南昌国民党驻赣绥靖公署军法处看守所。7日，国民党当局在豫章公园上演“示众”把戏，然而，他们精心策划的“庆祝大会”却成为方志敏宣传革命的演讲大会。方志敏戴着手铐、脚镣站立在铁甲车上，气宇轩昂，慷慨陈词，展现了共产党人的光辉形象。

敌人软硬兼施，使用各种手段对方志敏进行威逼利诱，妄图动摇其革命意志。为了劝降方志敏，蒋介石亲自安排，一方面改善他的生活，另一方面物色了一批党政军要员，网罗了方志敏的同乡同学，轮流探监，充当说客，不择手段地对方志敏进行威逼利诱，只要他投降或者放弃信仰，就许以高官厚禄。然而方志敏软硬不吃，他说：“我是政治家，不是阴谋家，要我加入你们一伙，绝对办不到。”

一天，狱中一个40多岁名叫“永一”的人主动接近方志敏，说他很敬重方先生，想借此机会求教。此人真名叫胡逸民，曾是国民党中央监狱长，因罪入狱，蒋介石要他“劝方自首，将功赎罪”。方志敏嗤鼻一笑：“老胡，投降那是大笑话。自从我被捕入狱以后，在这里实际观察的结果，更证明以前我们所做的事是十分正确的。敌人只能砍下我们的头颅，绝不能动摇我们的信仰，因为我们信仰的主义，乃是宇宙的真理。”铮铮之言使胡逸民脱口赞道：“好样的，不是软骨头！”经过几次接触，胡逸民觉得方志敏确实是个了不起的共产党人，方志敏也觉得他有一定的正义感，两人便成了朋友。

除了国民党的各种威逼利诱，还有更难过的亲情关。1935年6月，方志敏妻子缪敏被俘。缪敏出身于弋阳县的一个农民家庭，她好学上进，能歌善舞，16岁时在南昌参加革命活动，与方志敏在革命斗争中相识并相爱。夫妻俩志同道合，情深意笃。得知妻子缪敏被俘，方志敏心如刀割。敌人利用家人亲情对方志敏进行诱降，然而，比亲情更重的是国家，是信仰。方志敏只能坦然回绝说：“我失去了自由，妻子和儿女哪还能顾得到？我只有抛下他们。”

在狱中的180多个日夜，方志敏面对极其险恶的环境，凭着钢铁般的意志和崇高的信仰，始终领导狱友与敌人进行斗争。

在被俘的当晚，敌团长要他写一点文字，他写下《方志敏自述》，明确表示：“我已认定苏维埃可以救中国，革命必能得最后的胜利，我愿牺牲一切，贡献于苏维埃和革命。”之后，他利用狱中简陋的条件，克服重重困难，写下了《我从事革命斗争的略述》《可爱的中国》《清贫》《狱中纪实》等16篇近14万字的文稿，全面回顾了自己的革命生涯，认真总结了自己领导革命斗争成功的经验和失败的教训，充分表达了他对中国共产党、中国工农红军和中华苏维埃共和国的无限敬意和忠诚，表达了对革命必胜的坚定信念和对帝国主义、国民党反动派的无比憎恨。这些文稿体现了方志敏的豪气激荡、大义凛然，堪称中国近代史

▲ 清贫园方志敏雕塑

上最具精神价值的狱中遗著，为后人留下了宝贵的精神财富。

1935 年 5 月 2 日，方志敏写下了饱含着爱国主义激情的不朽之作《可爱的中国》。这是方志敏狱中遗稿中流传最广、影响最大的一篇，被誉为爱国主义的千古绝唱。他憧憬着中国的未来：“到那时，到处都是活跃跃的创造，到处都是日新月异的进步，欢歌将代替了悲叹，笑脸将代替了哭脸，富裕将代替了贫穷，康健将代替了疾苦……”他以一个共产党人的境界描绘了一幅中国

梦的壮丽图卷，抒发了对祖国的无限热爱和深情眷恋。多少年来，无数中华儿女读后，为之心灵震撼，为之情动肺腑，为之昂扬奋发。

为将狱中文稿安全带出监狱，方志敏积极争取狱中部分中下级管理人员和同牢关押的国民党上层人士，做了大量的宣传教育工作，启发他们的爱国心，使他们同情革命，并不顾个人安危，将这些文稿陆续带出监狱，转送给党组织。

敌人用尽了各种卑鄙残酷的手段，难以达到劝降目的，终下毒手。1935 年 8 月 6 日，方志敏被秘密杀害于江西省南昌市下沙窝，时年 36 岁。他以自己的生命践行了“努力到死，奋斗到死”的誓言。

在给党组织的信中，方志敏留下深情的临终遗言：“同志们！十分亲爱的同志们！永别了！请你们努力吧！我这次最感痛苦的，就是失却了为党努力的机会。你们要认识：你们能够为党工作、为党斗争，那是十分宝贵的。……我能丢弃一切，唯革命事业，却耿耿在怀，不能丢却！”他的生命虽然短暂，但他呕心沥血凝结而成的文字，却像一团火焰，激励着一代又一代的共产党人，前仆后继，为真理而斗争。毛泽东同志称赞他是“以身殉志，不亦伟乎”的人民英雄，叶剑英同志赋诗把他喻为文天祥之后又一位民族英雄。

清贫是最大的财富

方志敏在《清贫》中写道：“清贫，洁白朴素的生活，正是我们革命者能够战胜许多困难的地方。”这正是方志敏奋斗一生的真实写照。

方志敏白手起家创建了赣东北苏区，千方百计大力发展苏区经济，苏区发展壮大后，他一如既往坚持节约，把节省下来的钱都用来支持中央。据记载，“赣东北苏区给中共中央提供经费支持，始于一九三〇年十二月，当月提供了价值十万大洋的黄金。一九三一年，三次共提供黄金六百五十两。数年间，累计提供黄金超过一千两”。1933年春，为支持中央苏区第四次反“围剿”，方志敏又将自己一手缔造的红十军调入中央苏区，充分体现了共产党人大公无私、敢于担当的品质。

方志敏两袖清风，虽为党的重要领导干部，却与普通工作人员一样，过着极为清贫的生活。

赣东北信江8县苏维埃成立后，方志敏担任苏维埃主席，有人劝方母去讨些钱，老人也觉得他的饷银当姆妈的理当用得。于是，她第一次也是唯一的一次找方志敏要饷银来了。方志敏很清楚，为了他的学费，父母连本带利欠债达700元之巨。而且，方志敏参加革命后，家又被敌人烧劫十余次，母亲确实是迫于无奈，才来向他要钱。然而，他只能内疚而诚恳地对母亲说：“姆妈，我是当主席，可当的是穷人的主席，哪里是官？饷银嘛，将来会发，现在没有。信江苏维埃刚建立，革命才有个起头，我们每日的饭钿才七分呢！”善良而深明大义的方母听了，连说：“晓得了，晓得了。姆妈这一趟没有白来，明白了仔是当穷人的主席，我苦点也舒心啦！”

方志敏担任苏维埃政府主席，可是衣着打扮与普通百姓、红军战士毫无异处。寒冬腊月，他穿着一件薄薄的破棉袄，从弋阳去参加贵溪苏维埃代表大会，这令身穿新棉袄的代表们于心不忍，要给他换件新的。但他不同意，他反复给来人讲：“要节省，要减轻群众负担。”执意不收。一旁的警卫员实在看不过去了，眼泪流出来说：“方主席，你是只顾革命不顾自己啊！”

在长年艰苦的学习与工作中，方志敏患上了肺病，时常吐血，身体非常虚弱。有一次，方志敏吃饭的时候发现碗里是白米粥，他立刻走到战士们中间去看，发现其他人碗里都盛着野菜和米糠。方志敏不禁皱起了眉头。炊事员忙说：“你的身体不好，这段时间病情又加重了，同志们都很担心，这是给你的病号饭，同志们都赞成，不算搞特殊。”方志敏却说：“我们是红军，是人民的队伍，官兵平等是我们的基本原则，任何人都不能例外，大家吃米糠我也吃米糠，绝对不能搞特殊。”

方志敏的家人都对他非常理解支持，方家不少人在他的感召下参加了革命。他的胞弟方志慧和堂弟方志纯、方远辉、方远杰等都是革命骨干，方远杰、方志慧、方远辉还相继献出了年轻的生命，称得上是“满门忠烈”。

党和人民不会忘记方志敏。

1937 年 1 月，党中央机关报《斗争》出刊“纪念民族英雄方志敏专号”。中华人民共和国成立前后，国内出版了许多方志敏遗著和宣传书籍。方志敏的遗著被翻译成 20 多种外文，在海内外广泛传颂。

1955 年，党中央作出寻找方志敏烈士遗骨的决定，江西省委成立了方志敏遗骨调查领导小组。由于已经过去了 20 多年，而且方志敏是被秘密杀害的，这项工作进展艰难。调查小组不畏艰难，执着而细致地寻找。1957 年，江西化纤厂在南昌下沙窝破土动工，工人们在挖地基时突然发现了一堆伴有脚镣的遗骨。调查小组得到报告后，立即指示专家和有关人员到现场进行勘察，清理后一数，共计 3 个骨盆、79 根遗骨。

据知情者回忆，当年方志敏是唯一戴着脚镣赴刑场的，而在这堆尸骨中果然就有一副锈蚀的铁镣。这时，一份以江西省政府名义发出的加急电报发往浙江东阳北麓中学，请当年一度任看守所所长的凌凤梧火速到南昌。凌凤梧当年将方志敏的重镣改为轻镣，为此被以“通共”罪名撤职押回原籍。面对掩埋了 22 年之久的遗骨，凌凤梧用手抹去剥落的锈屑，仔细辨认镣铐的型号，确认“就是这副镣铐！”，在场的人们听后都潸然泪下……

如今，在风景秀美的南昌梅岭山下有方志敏烈士陵园，在弋阳县城北峨眉嘴山东峰顶上有方志敏纪念馆，在湖塘村的方志敏故居前矗立着一座方志敏身骑骏马的铜像，他目光坚毅，抬头远望，前方不再是战场的烈焰，而是他一直憧憬并深深热爱的可爱的中国。在方志敏的感召下，一代又一代的共产党人和中华儿女把祖国建设得繁荣富强，建设得更加可爱。

我们可以自豪地告慰方志敏：这盛世，如您所愿！

第四章

旌旗十万 铜墙铁壁

第一节
赣南三年游击战争

天灰蒙蒙的，寒风如刀一般凛冽，大山里的冬天格外阴冷。在大庾（今大余县）梅山一处邻近山脊的陡坡上，有一个隐蔽的小石洞，洞口长满茅草，下面是陡峭的山崖。陈毅孤身隐蔽在这个窄小而潮湿的石洞中，伤病未愈，饥寒交加。整整20多天的时间，外有敌军重重围困，随行人员已被打散，队伍也难以联系。就是在这样的绝境中，时年35岁的陈毅怀着对革命的无限赤诚，写下了气壮山河的《梅岭三章》：“此去泉台招旧部，旌旗十万斩阎罗。”

革命者以至死不渝的信仰，让红旗在南方大地高高地飘扬。

奉命留守敌后

1934年10月，第五次反“围剿”失败后，中央主力红军为摆脱国民党军队的包围追击，被迫实行战略转移，退出中央根据地，进行长征。

▲ 梅关古道

中央主力红军长征后，在江西、福建、浙江、安徽、河南、湖北、湖南、广东等 8 省 15 个地区，都有一支奉命留守的红军部队。留守在中央苏区的部队主要为红二十四师、独立团及地方游击队，仅 1.6 万余人，还带着上万名红军伤病员，却肩负起了钳制国民党的军事力量、在战略上策应和配合主力红军长征的艰巨任务。在十倍甚至数百倍于己的穷凶极恶的国民党军围困中，他们孤悬敌后，浴血奋战，九死一生，不屈不挠，进行了三年艰苦卓绝的游击战争。

南方三年游击战争时期，项英和陈毅是中共中央任命留守南方的党政军最高领导人。项英任中共中央分局书记、中央军区司令员兼政委、中央革命军事委员会中区分会主席，陈毅任中共中央分局委员、中华苏维埃共和国中央政府办事处主任。分局委员还有瞿秋白、陈潭秋、贺昌等人。

这些领导人中，只有一位迎来了中华人民共和国的成立，那就是十大元帅中唯一一位没有参加长征的元帅——陈毅。

长征出发时，陈毅由于在第五次反“围剿”中大腿坐骨负伤，尚在医院治疗。长征前夕，周恩来到医院探望，他紧紧握住陈毅的手，深情地说：“我们很快就要走了，你是高级干部，本来应该把你抬走，但因为你在江西七八年，有影响，有名望，又懂军事，中央决定把你留下来坚持斗争。你有什么意见吗？”陈毅听了，毫不犹豫地回答：“中央决定我留下来是对的。第一，我了解这块红土地，这对坚持游击战争有利。第二，这块红土地也是了解我的，群众中不少人是知道我的，我留下来，他们会感到共产党没有走，红军没有走，革命有希望！”

在项英、陈毅等的领导下，中共中央分局和中央政府办事处迅速开展工作，投入战斗。

中央红军转移后，红二十四师和地方独立团立即接替了全部防务，制造假象迷惑敌人，紧紧拖住“围剿”苏区的国民党军。为了迷惑敌人，《红色中华》报仍然以中央政府机关报的名义正常出版。

1934年12月，中革军委主席朱德致电项英，告知主力红军已放弃去湘西的计划。这时，国民党军队加紧了对中央苏区“清剿”，形势越来越严峻。项英连续致电中央，请求转变战略思想，改变斗争方式，开展游击战争。

1935年2月，中央分局收到中共中央回复的电报。根据电报指示，中央分局迅速安排瞿秋白、何叔衡等人向上海转移。他们在途经长汀县梅迳村时，被国民党保安团包围，何叔衡跳崖牺牲，瞿秋白等人不幸被捕。瞿秋白是中共早期主要领导人之一。敌人得知他的身份后“如获至宝”，采取各种手段对他利诱劝降，但都被他严词拒绝。他对劝降者说：“人爱自己的历史，比鸟爱自己的翅膀更厉害，请勿撕破我的历史。”瞿秋白英勇就义时年仅36岁。

其余各路部队在项英、陈毅的统一指挥下，分头突围。

江西省党政军领导机关撤退至宁都县北部山区。在突围中，省军区司令员李赐凡英勇牺牲；省军政委员会主席曾山突围转移到湘赣边，历尽艰辛去上海，寻找到党组织。同时，福建党政军、闽赣省党政军领导机关也迅速转移，分头突围。

项英、陈毅率领的红军第二十四师七十团是最后撤离中央苏区的。他们原计划向福建长汀地区突围，但撤离时遇到强敌截击。危急关头，巧遇原信丰县委书记曾纪财，在他的帮助下，项英、陈毅经赣县王母渡偷渡桃江，3 月底安全抵达赣粤边油山地区。

这次突围彻底粉碎了国民党军企图一举消灭留守红军的妄想，为三年游击战争的最终胜利奠定了基础。

旌旗十万斩阎罗

1935 年春到 1937 年抗日战争爆发，这一时期是南方红军游击队坚持开展游击战争，保存、巩固和发展游击区的阶段，也是最艰苦、最困难的斗争阶段。

国民党当局采取频繁的军事“清剿”以及严密的经济封锁手段，妄图把红军游击队斩尽杀绝。在极其险恶的环境里，项英、陈毅率领红军游击队，依靠当地人民群众的支持，采取机动灵活的游击战术和巧妙的斗争策略，开展了艰苦卓绝的游击战争。他们出没于崇山峻岭和茅草密林之间，昼伏夜行，风餐露宿，坚持革命，艰苦斗争，为革命保留了火种和战略支点。

赣粤边游击区位于江西省南部和广东省北部交界处，是中央苏区的西南门户。1935 年 3 月底，项英、陈毅突围来到赣粤边油山地区，与赣粤边特委书记李乐天、副书记杨尚奎会合后，共有 1400 余人。4 月中旬，项英、陈毅在大余县河洞乡长岭村沙湾一户农民家中，主持召开了党政军干部会议，史称“长岭会议”。会议从实际情况出发，决定由正规战转变为游击战，制定了“依靠群众，坚持斗争，积蓄力量，创造条件，迎接新的革命高潮”的方针，将部队编为 4 个大队，分散开展游击斗争。而项英、陈毅便在北山一带指挥各地游击斗争。

由于赣粤边是项英、陈毅直接领导的游击区，这里成为国民党重点“清剿”的地区，国民党凭借军事上的优势，疯狂实行“移民并村、保甲连坐”等手段，再加上叛徒出卖，斗争十分残酷。

面对敌人一次次的疯狂“清剿”，游击队不得不从村庄撤出，转入密林深山之中，翻山越岭，长途奔袭，在荒山野岭中以石洞、草丛为床，无粮，缺盐，断油，就靠着野菜、野果充饥，过着野人般的生活。他们搭起简易的棚子栖身，后来敌人抄棚子，游击队就每人发一把纸伞，大树底下一撑靠着树就睡。陈毅后来回忆说：“整年整月在外面跑，山里睡，全身都是泥巴，两个月没干过。”

1935 年 10 月，又发生了“北山事件”。当时，原中央军区参谋长龚楚叛变，竟带着国民党卫队，到赣粤边境的北山地区“搜剿”红军游击队。龚楚在龙西石假借开会之名，包围杀害红军游击队六七十人。10 月 20 日，龚楚引兵到帽子峰红军游击队指挥机关驻地，妄图捕捉项英、陈毅等领导人。幸好警卫员识破敌人的阴谋，机智报警，项英、陈毅等领导人才得以安全脱险。

“北山事件”以及后来发生的几次叛徒事件，给游击队造成了极大的损失。极少数意志不坚定的人便牢骚满腹：“革命，革命，革到大家都没命！”“革命，革命，革得大家钻山洞！”项英、陈毅听说后，便有针对性地开展思想政治工作，鼓励大家坦诚交心，帮助大家消除悲观情绪，指明前途，激励斗志，坚定革命必胜的信念。

从 1936 年 9 月至 1937 年 6 月，蒋介石从闽西调其嫡系部

▲ 梅岭

队四十六师到大余，和国民党地方武装一起，对赣粤边红军游击队进行了3次大规模的“清剿”，企图用“封坑”的手段，把红军冻死、饿死、困死在山区。红军游击队在赣粤边特委的领导下，运用昼伏夜行、袭击、伏击等灵活机动的游击战术，巧妙地打击敌人，彻底粉碎了敌人的阴谋。

红军游击队的胜利，离不开人民群众的支援。陈毅说：“我们的全部地盘，就是这么几个‘岛子’，但是我们有着浩瀚的海洋作依托，那便是广大的人民群众。”

在大余县的莽莽大山中，至今传颂着地下交通员周篮嫂舍生忘死支援红军游击队的感人故事。周篮嫂这个名字跟陈毅有很大的渊源。1936 年的端午节，她冒着大雨，给游击队送来了一篮粽子。陈毅很感动，于是就问她：“表嫂，你叫什么名字呀？”她说：“我是农民老表，在家排行老三，又是妇娘子，没有大号，要不你帮我起一个吧！”陈毅见她每次提个竹篮过来，于是为她取名“周篮”。后来大家都亲切地称她为“周篮嫂”。

考虑到“游击战争是长期的，不是一天两天的事”，陈毅提出了“要有组织、有计划地搞黄色村庄、搞两面派”，“争取群众的支援，巩固我们与广大老百姓的团结”的策略。红军游击队派了一些没有暴露身份的共产党员、革命群众和开明人士去担任保甲长，使其名义上听命于国民党，实际上支持共产党，为共产党办事，此为白皮红心的“两面派”。

同时，在赤白交界地区建立“黄色村庄”，游击队与老百姓配合默契，一个打空枪，一个假告密，使敌人确信“黄色村庄”的可靠性。“两面派”和“黄色村庄”的策略扩大了红军游击队的生存空间，正如陈毅所言：“敌人根本的致命伤，就是我们与群众相结合。敌人采用种种办法来对付我们，都是白搭。”

1936 年年底，赣粤边游击区处在黎明前最黑暗的时刻。

有一次，部队在梅岭被打散了。陈毅同志伤病在身，被敌人重重包围，长达20多天，无法找到队伍，也难于联系上革命群众。一日，陈毅隐蔽在梅山斋坑的一个石洞中。这个石洞隐藏在一个陡坡上，洞口长满茅草，从上面很难发现洞口，下面是陡峭的山崖，是个隐蔽的好地方。陈毅想到自己处于敌人重围中，又伤病在身，很可能九死一生，难于脱险。于是，他做好取义成仁的准备，以诗明志，写下被称为“绝笔诗”的《梅岭三章》，表现出共产党人临危不惧、坚贞不屈的崇高气节和坚信共产主义事业必胜的理想信念：

一九三六年冬，梅山被围。余伤病伏丛莽间二十余日，虑不得脱，得诗三首留衣底。旋围解。

（一）

断头今日意如何？创业艰难百战多。

此去泉台招旧部，旌旗十万斩阎罗。

（二）

南国烽烟正十年，此头须向国门悬。

后死诸君多努力，捷报飞来当纸钱。

（三）

投身革命即为家，血雨腥风应有涯。

取义成仁今日事，人间遍种自由花。

《梅岭三章》诗篇壮怀激烈，豪气干云，充满了革命乐观主义精神，激励着南方红军游击队一往无前。在项英、陈毅率部转战赣粤边的同时，南方 8 省的闽赣边、湘赣边、湘鄂赣边、皖浙赣边等十几个地区的红军游击队，都开展了艰苦而英勇的游击斗争。

奔赴抗日前线

1937 年 7 月 7 日，日本侵略者制造“卢沟桥事变”，悍然发动全面侵华战争。在国家危亡的紧急关头，中国共产党以民族大义为重，积极倡导国共两党合作，推动建立抗日民族统一战线。中共中央派周恩来等两上庐山，同国民党就发表国共合作宣言、红军改编等问题谈判。经双方协议，决定将西北红军主力改编为国民革命军第八路军（简称“八路军”），任命朱德为总指挥、彭德怀为副总指挥。

与此同时，中共中央要求南方各红军游击队，“在保存与巩固革命武装、保障党的绝对领导的原则之下”，“可与国民党的附近驻军或地方政权进行谈判，改变番号与编制以取得合法地位，但必须严防对方瓦解与消灭我们的阴谋诡计与包围袭击”。

从8月至12月，中共中央与国民党中央就南方8省红军游击队改编为抗日部队的原则、方法及部队领导人等问题，先后在南京、南昌、武汉等地进行了多次谈判。南方各红军游击队也相继与国民党地方当局达成停战以合作抗日的协议。

9月11日，陈毅亲赴赣州，与国民党江西省政府代表谈判，达成协议，将红军游击队改编为江西抗日义勇军。9月下旬，项英、陈毅又赴南昌与国民党江西省政府谈判，双方就国民党从红军游击区撤军、释放政治犯和南方各地红军游击队改编为抗日义勇军等事宜达成协议。

9月22日，国民党以发表《中共中央为公布国共合作宣言》的形式，宣告国共两党第二次合作的成立，以此为标志的抗日民族统一战线形成。

随后，项英、陈毅以中共中央分局的名义发表《告南方游击队的公开信》，宣传谈判成果，要求各游击队按时集中，听候改编。同时，在南昌设立南方红军游击队接洽处，辗转到各游击区联络各游击队下山集中改编。

9月下旬，赣粤边红军游击队司令部和中共赣粤边特委移驻池江弓里村，油山、北山、三南、湘南红军游击队先后下山，分别抵达池江的板棚下、弓里、小汾等地，改编为江西抗日义勇军。项英、陈毅等领导游击队，一方面进行政治学习和军事训练，提高部队的政治与军事素质；另一方面，组织宣传队，到游击区、苏区各县及各大城镇进行抗日救国的宣传活动，动员群众参加抗日救亡运动，积极参加抗日义勇军。

赣南人民热烈响应党的抗日救国号召，冲破国民党地方当局设置的种种障碍，纷纷动员亲人参加义勇军。在短短的几个月内，江西抗日义勇军由集中时的 300 多人扩大到 700 多人。

经过与国民党当局谈判斗争，1937 年 10 月，国共两党在南京达成协议，将在湘、赣、闽、粤、浙、鄂、豫、皖南方八省的中国工农红军和游击队改编为国民革命军陆军新编第四军，任命叶挺为军长，项英为副军长。新四军下辖 4 个支队、10 个团、1 个特务营，共 1.03 万余人。

1937 年 12 月底，新四军军部在汉口成立。次年 1 月移驻南昌，正式对外办公。

在丛林中坚持了三年艰苦卓绝斗争的各游击队走出深山，开赴指定地点，集中整训，编入新四军。

根据中共中央的指示和国民政府军事委员会的命令，新四军江西各支队共约 3500 人，陆续由集结地开向皖南前线，投入抗日战斗。新四军军部和第一、第二、第三支队先后到达皖南歙县岩寺地区集中，第四支队在皖西霍山地区集中后向皖中开进，随后即在长江南北作战。陈毅、张鼎丞分别率领第一、第二支队相继进入苏南，开辟了以茅山为中心的抗日游击根据地，并将丹阳县的抗日武装改编为新四军挺进纵队。第三支队留在皖南担任长江防务。第四支队在皖中、皖东以游击战频繁打击日军。

一支英勇的新四军队伍从此驰骋在大江南北。

新四军深入华中敌后，展开了英勇卓绝的抗日作战，开辟和巩固华中抗日根据地，为坚持和发展华中革命斗争奠定了坚实基础，成为华中坚持长期抗战的重要力量，为民族解放战争的胜利建立了卓著功勋。

第二节
永新的燎原星火

秋天的早晨，金风送爽，枫树叶像燃烧的火一样，映红了一望无际的蓝天。在永新县三湾村，秋收起义部队集结在枫树坪下，战士们神情肃穆地等待着。毛泽东从人群中走出来，他头上蓄着长久未剪的头发，身上穿着一件老百姓的旧棉袄，腿上打着一副绑腿，脚上套着一双草鞋。他以和蔼的态度、含笑的面容，走到部队前面，顿时大家都鼓起掌来。

永新“三湾改编”铸就了新型人民军队的军魂，开创了“党指挥枪”的历史性探索。

三湾改编铸新军

永新，位于江西西部边境，与井冈山襟山依水，于东汉建安九年（公元 204 年）建县，古称“楚尾吴头”，县名来源于《大学·礼记》，寓意“日永月新”，至今有 1810 多年历史。永新是一片红色故土，因红色而闻名天下，是井冈山第一位女红军——贺子珍的家乡。这块红土地，经历了井冈山革命斗争血与火的洗

▲ 三湾枫树坪旧址

礼，积淀了不朽的红色印迹。

1927 年 9 月 29 日，毛泽东率领湘赣边界秋收起义部队到达江西永新县三湾村。三湾村地处湘赣边区的九陇山区，群山环抱，有 50 多户人家，在山区算是较大的村庄。

起义部队到达三湾的时候，由于在萍乡县（今萍乡市）芦溪镇时遭遇敌军和地主反动武装的偷袭，减员较大，人员不足 1000 人。加之连续行军，斗争艰苦，士兵不断逃亡，且部队没有建立基层党组织，党不能切实掌握部队，部队军阀习气严重。

为了巩固这支新生的革命军队，适应革命斗争的需要，毛泽东在到达三湾的当天晚上，在村里的“泰和祥”杂货铺，主持召开了前委扩大会议。会议总结了秋收起义的经验教训，分析了部队的思想情况，增补了前委委员。会议还针对部队中存在的各种问题，决定对部队进行改编。

10 月 1 日一大早，师长余洒度召集部队在枫树坪下集合，毛泽东站出来讲话。他挥一挥手，鼓舞大家说："同志们！敌人只是在我们后面放冷枪，没什么了不起，大家都是娘生的，敌人有两只脚，我们也有两只脚。贺龙在家乡两把菜刀起家，现在当军长了，我们有近千人还怕什么？大家都起义暴动出来了，一个人可以当敌人 10 个，10 个战士可以当敌人 100 个，有什么可怕的？没有挫折和失败，革命是不会成功的！"接着他宣布"三湾改编"，组建一支新型人民军队。

一是缩编部队。采取愿留则留、愿走则走的原则，将起义部队由一个师缩编成一个团，即工农革命军第一军第一师第一团，辖第一营和第三营两个营。每营三连，另设属于团部的特务连，共七个连，加上不存在的第二营三个连对外号称十个连。设立了直属团部的卫生队和辎重队，没有担任职务的军官全部编入军官队。缩编后的部队由原来 1000 余人减至 700 余人，虽然人数减少了，但部队更精悍了，战斗力更强了。

二是"支部建在连上"。毛泽东在总结何挺颖连经验的基础上，提出把"支部建在连上"，开创了在军队基层建立共产党组织的伟大开端。从此，部队营、团设党委，连以上设党支部，班、排设党小组；实行党代表制度，党代表担任党的各级书记，负责部队的政治训练和民运工作，整个部队统一由毛泽东为书记的前敌委员会指挥，从而确立了“党指挥枪”的原则，使我军获得了政治灵魂和领导核心，从而保证了党对军队的绝对领导。毛泽东在《井冈山的斗争》一文中说：“红军所以艰难奋战而不溃散，‘支部建在连上’是一个重要原因。”

三是实行民主。为破除旧军队的习气，建立以平等为基础的新型官兵关系，实行军队民主制度。规定长官不准打骂士兵、废除繁文缛节、实行经济公开、官兵待遇平等等多项民主制度。为了确保这些民主制度的贯彻执行，毛泽东创造性地决定在连以上建立各级士兵委员会，并赋予士兵委员会参加部队管理、监督部队经济开支、监督批评军官的权利。士兵委员会在井冈山革命时期发挥了很大的作用，毛泽东在《井冈山的斗争》一文中对士兵委员会的作用给予了高度评价：“红军的物质生活如此菲薄，战斗如此频繁，仍能维持不敝，除党的作用外，就是靠实行军队内的民主主义。”1965年毛主席重上井冈山，又一次谈到士兵委员会，他说士兵委员会和“支部建在连上”具有同样深远的意义，并且强调必须重视发挥士兵委员会的作用。

三湾改编是我党创建新型人民军队的第一次成功探索和实

践，确立了党对军队绝对领导的根本原则，铸就了人民军队的红色属性，锻造了我军的无敌军魂，奠定了政治建军的基础，是我党建军史上一座划时代的里程碑，标志着毛泽东政治建军思想的开端和基础。习近平总书记在庆祝中国人民解放军建军 90 周年大会上的讲话中强调，党对军队绝对领导的根本原则和制度，发端于南昌起义，奠基于三湾改编，定型于古田会议，是人民军队完全区别于一切旧军队的政治特质和根本优势。

龙源口大捷

龙源口位于永新县的南面，离县城 21 公里，在永新、宁冈交界之处，横亘着两座相隔 10 余里的大山，即新、老七溪岭，山上林深草密，山间谷深溪急，地势十分险要。井冈山革命斗争时期，这里发生了以少胜多、一战定乾坤的龙源口大捷，使永新成为井冈山革命根据地的中心区域，井冈山革命根据地同时也进入了全盛时期。

龙源口大捷主要由新、老七溪岭两大战役组成。

为了粉碎敌人的“联合会剿”，毛泽东等同志根据两省敌军的内部矛盾，制定了作战计划，决定采取声东击西、避实就虚的战术，对力量较强的湘敌取守势，对力量较弱的赣敌取攻势。

毛泽东在宁冈新城召开红四军连以上干部会议，进行战斗部署。朱德在会上宣布了红军的击敌计划：王尔琢率领红二十八团在老七溪岭迎击敌人；朱德、陈毅率领红二十九团和三十一团一营在新七溪岭击敌；袁文才率领红三十二团一部与永新、宁冈部分地方武装埋伏在白口附近的新七溪岭、武功坛山上；永新、宁冈两县地方武装和人民群众数千人在新、老七溪岭附近山头配合红军作战；另派三十一团三营在宁冈睦村监视湖南敌军。

6 月 23 日清晨，新七溪岭战役打响。进攻新七溪岭的敌军是号称“江西最狠的部队”——杨池生九师二十六团。敌军凭借优良装备攻夺了红军的第一道防线后，又向第二道防线泰山亭发起猛攻，一直把红军逼到最后一道防线——风车口上面的吊谷上仓。在战斗最为激烈的时候，朱德从指挥部望月亭率领军部警卫排冲下来，手持机关枪向仰攻的敌军扫射。战士们看见朱军长亲临前沿，瞬时锐气倍增，打退了敌人一次又一次的进攻，夺回了风车口阵地。

老七溪岭战役，敌师长杨如轩率领的敌军抢先占领了制高点百步墩，战局对红军不利。王尔琢指挥部队向敌人发起多次冲锋，都未能奏效。为了掌握战斗的主动权，王尔琢与团党代表何长工商量，决定调整战斗部署，以连为单位，由党员、干部、老战士组成突击队，由三营营长萧劲率队，正面向百步墩猛烈冲锋；另派出一小部分部队，以深山密林作掩护，隐蔽地向百步墩背后攻击。

在全团火力的掩护下，突击队经过半小时猛攻，以牺牲了萧劲等几十人的代价，夺取了百步墩。在红军指战员的猛烈攻击下，百步墩的敌军前后受击，招架不住，迅速往山下溃退。此时，埋伏在武功坛的袁文才率领的红三十二团小分队和地方武装迅速出击，直捣敌人前线指挥部。进攻老七溪岭的敌军，腹背受击，顿时失去指挥，后卫牵动前卫，全线崩溃。

红二十八团立即分兵两路，一路追歼逃敌，一路包抄龙源口。此时，地方武装也从四面八方包围上来，敌军迅速陷入人民战争的汪洋大海之中。经过短时激战，全歼敌军一个团于新七溪岭山下和龙源口村周围。下午三四点钟战斗结束，红军乘胜追击，一鼓作气，直逼永新城下。留守在县城的两团敌军，匆忙弃城而逃，红军第三次占领永新县城。湖南敌军得知江西敌军惨败，不敢出击，慌忙退回茶陵。

龙源口大捷，共歼灭敌军一个团，击溃两个团，缴枪千余支，俘敌 500 多人，是红四军取得的第一次重大胜利，也是中国革命史上浓墨重彩的一笔，更是永新人民心中永远难以忘怀的丰碑。在永新至今还流传着赞颂龙源口大捷的歌谣：

五月里来是端阳，
七溪岭下摆战场。
不费红军三分力，
打败江西两只羊（杨）。

龙源口大捷之后，毛泽东曾满怀豪情地说：“我们看永新一县，要比一国还重要。所以现在集中人力在这一县内经营，想在最短的期间内，建设一个党与民众的坚实基础，以应付敌人下次的‘会剿’。”由此可见，毛泽东“大力经营永新”的实践使井冈山革命根据地迅速进入全盛时期，为后来湘赣苏区、中央苏区的建立和发展奠定了坚实基础。

塘边土地革命

塘边村曾经是默默无闻的小山村，坐落在永新县西乡。这里三面环山，山上松柏成林，郁郁葱葱，山下樟树成片，地理环境优越。20 世纪 20 年代，毛泽东在塘边分田，让这里在中国革命史上留下了光辉一页。

1928 年夏，毛泽东率红四军三十一团部分指战员先后三次深入永新县塘边村进行土地调查，开展土地革命的试点工作，领导塘边群众开展轰轰烈烈的“打土豪、分田地”运动，使塘边成为井冈山革命根据地土地革命的典范，有力地推动了边界土地革命运动的深入开展。

在塘边的40余天里，毛泽东经常深入群众家中访贫问苦，召开塘边农民及各阶层人士调查会，取得了大量的土地革命的调查资料。经过广泛的调查研究，在分析了塘边的阶级状况和劳苦群众受苦受难的根源后，毛泽东在塘边形成了一个分田临时纲领，共17条，号召群众起来分田分地，进行土地革命。塘边土地革命首先是斗争土豪，发动群众起来分发土豪的浮财，烧毁所有契约，没收土豪占有的土地。接下来进行了轰轰烈烈的分田运动，塘边分田大致可以分为以下几个步骤：

首先，成立分田机构，乡由七人组成土地委员会，村由三人组成分田小组。然后，由村分田小组丈量自己村的全部土地，将村里的人数、田亩数（按甲、乙、丙三等）登记造册，交乡土地委员会统一分配。在此基础上，根据毛泽东同志制订的分田政策，以乡为单位，按人口平均分配，肥、瘠田互相搭配，以原耕为基础，田多退出，田少补进，出榜公布。分配好的田地由乡土地委员会插好牌子，牌子上写明田亩数以及由谁管业、收割。

塘边土地革命的开展，摧毁了旧的生产关系，解放了生产力，使广大劳苦群众在斗争中得到了切身利益，提高了群众的革命热情。不久，塘边土地革命的经验在全县及边界各地得到推广。1928 年底，湘赣边界工农兵政府根据塘边及其他地方土地革命的经验，制定了我党的第一部土地法——《井冈山土地法》，毛泽东亲自领导的塘边土地革命也因此成为井冈山革命根据地土地革命的典范。

牛田长征先遣队

牛田村位于永新县坳南乡，距县城约 35 公里，是永新、井冈山、泰和、遂川四县（市）交界处的一块盆地，四周山高林密、地势险要。中国工农红军第六军团在这里诞生，并率先突围西征，揭开了红军长征序幕。

1934 年，湘赣苏区第五次反“围剿”失利后，湘赣苏区的中心区域被敌人占领。为此，中共湘赣省委、省苏维埃政府、省军区及所属机构，在 1934 年 5 月底分别从永新象形相继转移到牛田。就在省委、省苏政府等机关搬迁至牛田后不久，中共中央书记处、中共革命军事委员会于 7 月 23 日发来训令，指示红六军团离开现在的湘赣苏区，转移到湖南中部去发动广大的游击战争及创造新的苏区。按训令精神，省委领导广大军民在牛田秘密进行了一系列出发前的准备工作：

一是组建红六军团军政委员会，由任弼时担任主席，萧克、王震为委员，领导红六军团突围西征；二是成立留守湘赣苏区新的省委领导班子，由陈洪时任省委书记；三是召开湘赣全省政治工作会议，组建红十八师五十四团，计 1200 多人，补充到红六军团，并且实施了行军、侦察、警戒等方面的教育，地方行政机关也进行了精兵简政充实到部队；四是广泛动员苏区人民为红六军团储备物资。

1934 年 8 月 7 日，任弼时、萧克、王震率领红六军团 9700 多人，告别湘赣苏区人民，分别从牛田等地出发，踏上突围西进的征途。红六军团历时 80 多天，行程约 5000 里，在战胜湘、粤、桂、黔四省敌军围追堵截后，于 1934 年 10 月 24 日在贵州省印江县木黄与贺龙、关向应率领的红三军会师，胜利结束西征。

红六军团西征不仅在战术上分化、牵制了大量敌军，极大减轻了敌军对中央红军的军事压力，也在战略上揭开了红军长征的序幕，经过艰苦转战，较好地完成了中央赋予的长征先遣队使命，为即将开始的中央红军战略转移起到了较好的探路和侦察作用。萧克将军后来回忆说：“红六军团突围西征，比中央红军长征早两个月，为中央红军长征起到了侦察、探路的先遣队作用。”

榨油坊里的红色誓词

中国革命博物馆珍藏着一份特殊的入党誓词，誓词是布质的，中间是誓词内容，两边是宣誓时间、地点和宣誓人姓名——贺页朵。誓词虽然饱经沧桑、陈旧模糊，却依然具有震撼人心的力量，它照射出无数像贺页朵一样的共产党人对理想信念和初心使命的坚守和忠诚，令参观者印象深刻、深受教育。

贺页朵是永新县才丰乡北田村的农民党员，他于 1886 年出生于一个贫苦农民家庭，生活十分艰难，早年靠种田租地、榨油和打短工为生。1927 年当井冈山地区农民运动蓬勃开展的时候，他积极投身革命，担任乡农民协会副主席，以榨油职业作掩护，满怀热情地参加各种革命活动。1928 年 9 月根据上级指示，贺页朵在榨油坊建立中共永新县东南特别区委北田地下交通站，为区委以及红军收集情报、转运粮食、筹备食盐、运送伤员等。

1931 年 1 月 25 日夜，党组织指派红军侦察员贺龙雪在榨油坊为贺页朵举行秘密入党宣誓仪式。贺页朵终于实现了自己的梦想，成为一名光荣的中国共产党员，他激动地把入党誓词一笔一画默写在一块红方布上：“牺牲个人，言首絶蜜（严守秘密），阶级斗争，努力革命，伏（服）从党其（纪），永不叛党。”24 个字的誓词中，有 6 个别字，但这丝毫没有减损誓词的价值和意义，反而使人觉得真实和珍贵，更有一种感人至深的力量。

谢觉哉在看到这份入党誓词后，非常感动，他为此专门写了一篇文章《一个农民的入党宣誓书》：“这是一位农民同志的入党宣誓书，不用说，这位贺同志是在艰苦的斗争中经历过严峻的考验的。……贺同志在写这张布质的入党宣誓书时，不是照着底稿写，而是记熟了这几句话。他虽然写了一些别字，这些别字并不减少它陈列在革命博物馆的意义，倒使人感到它忠实、可爱、可贵。”

最难能可贵也最令人佩服的是，他冒着杀头的危险，在誓词上留下了自己的姓名——中国共产党党员贺页朵。

由于在一次伏击战中身负重伤，1934 年红军长征时，贺页朵被组织留在家乡坚持斗争，他冒着生命危险，把入党誓词用油纸包好，偷偷藏在榨油坊的屋檐下。1951 年，中央慰问团来到永新，贺页朵把誓词取出亲自交到慰问团负责人、原湘赣省苏维埃政府副主席谭余保手中。

风雨无迹，岁月留痕。虽然这份入党誓词已暗淡泛黄，却依旧熠熠生辉，照射着这位农民党员的初心和使命，体现出一名普通共产党员灵魂深处对党的忠诚信念。这份入党誓词是迄今为止发现的井冈山斗争时期唯一一份完好保存下来的入党誓词，也成为中国共产党人历经硝烟却初心不改的历史见证。

革命精神永不忘，红色基因代代传。永新这块红土地，是井冈山革命根据地的重要组成部分，是湘赣革命根据地的中心。土地革命时期，全县有近 10 万人参军参战，诞生了以王恩茂、张国华、王道邦、旷伏兆等为代表的 41 位开国将军，牺牲的有名有姓的革命烈士达 1 万多人，留下了 400 多处红色旧址、1 万多件革命文物，被称为“红色故土”。郭沫若曾赋《宿永新》一诗赞誉“长征逾万参加者，烈士八千磊落才”。

第三节
井冈正南是遂川

大年初二，遂川县城张灯结彩，热闹非凡，喜庆的爆竹声此起彼伏。万余名工农群众欢聚在县城李家坪广场，每个人脸上都洋溢着节日的喜悦，眼神中充满了期待。在雷鸣般的掌声和欢呼声中，毛泽东从容地迈着大步，走上主席台，发表了鼓舞人心的讲话。

毛泽东亲手创建的全国第一个县级红色政权——遂川县工农兵政府成立了。

首个县级红色政权

井冈山的正南方是遂川县，其在东汉建安四年（公元 199 年）就立县于遂水之口。县志记载，遂水在县治南门，源出左右二溪，至城西南李派渡始合为一，形如“遂”字，故名遂川。遂川是井冈山革命根据地重要组成部分，有着众多令人难忘的红色记忆。

1928 年 1 月，为了拓展红色割据区域，毛泽东和前委根据遂川守敌薄弱的情报，决定攻打遂川。1 月 2 日，工农革命军在毛泽东亲自率领下，从砻市出发，于1月5日在大坑击溃了遂川恶霸肖家璧的反动武装，攻占了遂川县城。

当时，遂川县草林圩是历史悠久的商贸重镇，是赣中南地区的四大著名圩场之一。为畅通红白两区物资的交流，解决根据地军民日常用品的需要，毛泽东决定将草林圩改造为井冈山革命根据地红色圩场。毛泽东带领工农革命军打掉了遂川靖卫团从黄坳到草林约35公里路上的五道税卡，接着又将草林圩上几个大豪绅开设的“四美”“大兴”“元丰”“四盛”“新发”等大商号全部查封没收，共缴获布匹700多担，银圆2万多块。而后，工农红军取消苛捐杂税，保护工商业发展，把一个陈旧败秃的、被豪绅地主垄断的圩场，改造成为新的、有利于革命经贸的红色圩场，受到了当地农民和中小商人热烈拥护。

1928年1月16日（农历十二月二十四）是农历小年，也是草林传统的“逢圩日”。在草林万寿宫，毛泽东主持召开群众大会，并发表重要讲话，宣传保护中小商人的政策，规定保护工商业的具体措施：一是反对封建剥削，只能没收地主的财产，保护工商部分；二是如果是地主兼商人，只能没收他的封建剥削部分，商业部分连一个红枣也不能动；三是如果是罪大恶极的土豪，必须没收其商业部分就一定要出布告，宣布他们的封建剥削罪行。

草林红色圩场是毛泽东同志亲手创建的第一个红色圩场，是

▲ 新遂边陲特别区工农兵政府公卖处旧址

党对经济工作的第一次伟大尝试。草林红色圩场的开辟，开启了通过市场手段解决生活困难、发展经济的先河，对于打破敌人经济封锁，巩固和发展井冈山革命根据地具有十分重大的政治意义和经济意义。

1928 年 1 月 24 日，正是农历大年初二，遂川县工农兵政府宣告成立。万余名工农群众及工农革命军战士聚集在县城李家坪广场，兴高采烈地参加了成立大会。中共遂川县委书记陈正人宣布遂川县工农兵政府成立。毛泽东在成立大会上作了重要讲话，充分肯定了工农群众在革命政权中的主人翁作用。在庆祝成立大会结束后，工农兵政府举行了公审大会，行使政府职权，公审土豪劣绅。

遂川县工农兵政府设有土地部、军事部、财政部、裁判部、文化教育部和秘书室的“五部一室”办事机构，实行工农兵代表大会制，并正式颁发了《遂川工农县政府临时政纲》。工农兵政府成立后，领导全县工农群众开展打土豪、分田地、建立地方武装、发展工农业生产、兴办文化教育卫生等各项革命活动，得到了工农兵群众的衷心拥护。

遂川县工农兵政府是首个拥有红色政纲、具有实质意义的工农民主专政县级政权，其创建为周边宁冈、永新、莲花、酃县（今炎陵县）等地红色政权的建立树立了榜样，是红色政权建设的典范，是边界政权建设的一面旗帜。

三大纪律六项注意

1927 年 10 月 24 日，毛泽东在遂川县荆竹山动员部队向井冈山进发时，首次宣布了工农革命军“三项纪律”，即“行动听指挥，不拿群众一个红薯，打土豪要归公”。当年毛泽东站过的一块名为“雷打石”的大石头，现已成为工农革命军“三项纪律”的实证物。

1928年1月，部队进驻遂川县城，分散到县城周围农村发动群众时，毛泽东宣布了工农革命军“六项注意”，即“上门板，捆铺草，说话和气，买卖公平，借东西要还，损坏东西要赔”。“六项注意”与“三项纪律”相辅相成，互为补充。毛泽东在艰苦的革命斗争实践中，对革命军队的行为从细微之处做了详细的规范，这不仅使中国共产党领导下的新型革命军队与旧军队有了本质区别，更重要的是促进了军民团结，增进了军民感情，使后来长期的艰苦革命斗争有了强大的人民后盾，从而为井冈山革命根据地的建立、巩固和发展奠定了坚实的基础。同年3月底，部队到达湖南省桂东县沙田村。4月初，向全体官兵正式宣布“三大纪律六项注意”，将“不拿群众一个红薯”改为“不拿工人农民一点东西”。

此后，根据形势的发展和部队的实践经验，对这些内容做了相应调整，并最终发展成为人民军队的优良传统和行动准则——“三大纪律八项注意”，即“一切行动听指挥，不拿群众一针一线，一切缴获要归公”三大纪律，“说话和气，买卖公平，借东西要还，损坏东西要赔，不打人骂人，不损坏庄稼，不调戏妇女，不虐待俘虏”八项注意。

“三大纪律八项注意”言简意赅，包含了丰富而深刻的思想内容，是中国共产党及其领导的人民军队由小到大、由弱到强、无往而不胜的重要法宝和经验总结，是党和军队与人民群众血肉联系的鲜明体现，对党的建设和干部队伍建设有着深刻的影响，成为党和军队建设的传家宝。

游击战术原则

1928 年的 1 月中旬，在遂川县城五华书院后院一楼教室内，毛泽东主持召开了工农革命军前委和中共遂川、万安县委联席会议。会议开了整整 3 天。毛泽东在会上精辟地分析了国内外形势，同时也批判了党内的右倾机会主义和悲观情绪，指出中国共产党当前的工作就是要放手发动群众，武装工农，有计划、有步骤地领导群众暴动，建立农村革命根据地，以便依托农村积蓄革命力量，逐步取得革命的全部胜利。

在谈及对敌斗争时，毛泽东总结归纳了部队当前进行游击战的经验，首次提出了“敌来我去、敌驻我扰，敌退我追”为内容的游击战术“十二字诀”。游击战术“十二字诀”是毛泽东对工农革命军作战实践经验的第一次智慧总结。随着战争实践的不断丰富，“十二字诀”逐渐完善为“十六字诀”，即“敌进我退，敌驻我扰，敌疲我打，敌退我追”的游击战术原则。游击战术原则是毛泽东对工农革命军作战实践的智慧总结，为弱小的红军战胜强敌提供了战术上的方略，成为井冈山斗争时期红军克敌制胜的重要法宝，多次创造了以少胜多、以弱制强的战斗奇迹，对打破敌人“围剿”、取得革命胜利发挥了重要指导作用。

遂川也是红军长征（红六军团）最早出发地之一。1934 年 7 月下旬，红六军团奉命作为中央红军长征的先遣队，从湘赣苏区向湖南中部突围挺进，为中央红军战略转移先行探路。1934 年 8 月初，在任弼时、萧克、王震领导下，红六军团从永新等地转移到遂川新江、横石一带集合休整并踏上万里长征路。

第四节
赣水那边红一角

1930年的夏天，黑云压城，甲光向日。彭德怀率红三军团攻进长沙，遇敌优势兵力反扑，被迫退出。毛泽东赴长沙与彭德怀会合，再次攻城。攻城战中红军损失惨重，不得不撤围退军。然而，毛泽东的心中始终豪情满怀，洋溢着摧枯拉朽的磅礴气势。在退军途中，毛泽东在马背上遥望江西，欣然诵词一首，在欣慰于“赣水那边红一角”的同时，描绘了“百万工农齐踊跃，席卷江西直捣湘和鄂”的胜利前景。

赣水那边的一片红，是不灭的信念之火，从江西燃烧至湘和鄂，终将燎原成光芒万丈的“中国红”。

万安暴动

万安县位于江西省西南部、吉安市东南部，地处赣江上游，扼吉安赣江水陆交通要道。大革命时期，万安党的活动和工农群众运动的基础较好。国民党反动派背叛革命后，中共万安县委由县城转移到群众基础较好的罗塘一带山区坚持斗争。各地农会、工会、妇女会等群众组织也都转入秘密活动。

1927年7月间，为贯彻中央八七会议决议和江西省委秋收暴动计划，中共万安县委决定在赣西地区首先暴动，夺取万安县城，建立苏维埃政权，并成立了直属中共赣西特委领导的万安行动委员会，作为全县暴动的指挥机关，负责策划攻城工作。

暴动的准备和动员工作迅速开展起来了。10月，县委在枧头横路召开政治动员大会，全县各地群众代表800余人参加。在发动群众的同时，各级党组织还积极带领群众筹备枪支弹药，

▲ 赣江

收集社会上的零星枪械，并收缴国民党残敌的长短枪共100多支，此外还发动群众收集废铁，制造土枪、土炮。

县委从各区、乡工农武装中选拔了一批英勇善战的战士，组成江西工农革命军第五纵队。县委还规定，凡16岁以上、45岁以下的农会会员都编为万安工农革命军，共组织了5个纵队，有1.4万余人。纵队下分别组成大炮队、快枪队、鸟枪队、梭镖队、马刀队、楼梯队，并进行短期训练。党、团组织在潞田、沙塘坑开展了3期农军骨干轮训，共300余人，为暴动培养了骨干力量。

1927年11月7日，在党、团组织领导下，全县各区分别举行庆祝俄国十月革命胜利10周年的大会，农军全副武装参加，各区到会人数都在四五千以上。这是万安暴动前的一次政治动员大会，也是一次武装大检阅。从这以后，兰田、窑头、潞田、刎溪、茅坪等地的农民，在党的领导下先后举行暴动，捕杀土豪劣绅，烧毁地主的田契、典契、借据和政府的粮册。到11月，农民暴动势力已控制农村全部。至此，万安暴动的准备工作已完全就绪。

从1927年10月至1928年1月，万安农军和革命群众四次攻打万安县城。

第一次攻城是在1927年11月中旬。当时，国民党江西省政府派南昌市公安局局长李思愬前往赣州收编赖世璜所率国民革命军第十四军驻赣残部。他乘“美洲号”轮船由南昌溯江而上，船上押有军械、服装等物资，途经万安时，被放哨农军发现并拦江截击，缴枪四支。李思愬收编完毕回南昌，于 11 月 19 日路过万安时，追究上次农军缴械之事，并派出 30 余名士兵，到罗塘至善小学搜查抓人。敌兵见校内贴满了革命标语，大为惊恐，旋即回县城向李思愬汇报，拟第二天回赣州报信。中共万安县委获悉此事后，决定乘此良机消灭这股反动武装，夺取县城。当晚，2.5 万农军迅速集结，分三路向县城进发。

深夜，第三路攻城队伍首先发起攻击，打了两三个小时，直到敌人开城反击，才退到瓦屋村。这时第二路农军赶到，立即投入掩护第三路军撤退的战斗。20 日拂晓，第一路农军才赶到，会合二、三路军继续攻城，激战一小时，毙伤敌军百余人。终因敌我双方武器装备相差悬殊，加上缺乏攻城经验，未能攻克县城。农军撤退后，李思愬部仓皇逃回赣州，剩下敌军一个团日夜紧闭城门，不敢出城门半步。后来，敌军又增派一连兵力，加强了城防。

各路农军并没有因攻城未克而气馁，在各级党团组织的领导下，加紧操练和制造武器，准备再次攻城。

12 月 8 日，国民党第十四军派两个连再次护送李思愬由赣州乘船回南昌，偷偷摸摸地过了万安。万安县委预料这两连国民党军会返回赣州，便通知各路纵队做好攻城准备。不出所料，12 月 24 日，这两连国民党军再次经过万安欲返回赣州，当经过窑头时，被放哨的农军发现。农军随即召集25人拦截追击。在追击中，农军一边鸣枪，一边高呼：“打匪军！打匪军！”沿途农协会员和暴动队、奋勇队闻声纷纷加入战斗行列。泰和农军五六百人投入战斗，很快聚集到两三千人，农军猛追50余里，直扑县城。敌军慌忙入城，闭门死守。农军用土炮、鸟枪攻打，城内敌军猛然扫射。相持半日，农军死伤30余人，未能取胜。

12月31日，万安农军8000多人分三路第三次攻打县城。这次加强了火力配备，调集盒子枪8支、快枪50支、杂枪60支、土炮30门、土枪500支。第一路军与敌浴血奋战7小时之久，毙敌30多人。第二、三路军因弹药供应不上，加上敌军援兵太多，进攻受阻。万安三路农军被迫先后撤出战斗，未按时发起总攻击，未能破城。

在井冈山根据地的毛泽东，得知万安农军三次攻城未克的消息后，派人送来一封热切鼓励的信，询问是否需要援助。万安县委备受鼓舞。于是，在毛泽东的亲自部署下，由他率部攻打遂川县城，并于1928年1月5日占领了遂川县城。驻扎在遂川城的国民党第三军工兵连仓皇往万安逃窜。万安农军在横岭背打了一个漂亮的伏击战，敌军残部狼狈逃进万安县城。万安县委吸取前三次攻城的经验教训，在进行思想动员的基础上，加强了攻城的力量调配，增调良口农军为第四纵队主攻南门。9

日，万安农军和农民群众4万余人分四路纵队攻打县城。驻城守敌慑于井冈山工农革命军和万安农军的威力，慌忙分水陆两路向赣州逃窜。农军顺利占领万安县城。

万安暴动的胜利，动摇了万安乃至周边地区国民党反动派的反动统治，狠狠打击了国民党反动派的嚣张气焰，为广大农村树立了武装暴动、建立苏维埃政权的成功典范，振奋了民心，唤醒了民意，也为广大周边地区的农民武装暴动提供了可资借鉴的经验与教训，意义深远而重大。

罗坊会议

1930年10月25日至30日，为了决定红军的行动方向，粉碎国民党对中央根据地发动的第一次“围剿”，毛泽东在新喻县（今新余市）罗坊陈家闹主持召开了中共红一方面军总前委和江西省行委的联席会议，史称罗坊会议。参加会议的有红一方面军总前委书记毛泽东、总司令朱德、红三军团军团长彭德怀以及江西行委干部等十余人。会议集中讨论了红军的行动方向和一方面军及江西党的任务，决定停止红军进攻南昌、九江等中心城市的军事冒险行动，并就如何粉碎敌人进攻，于30日确定了毛泽

▲ 罗坊会议纪念馆

东提出的“诱敌深入”的作战方针。

从此，红军从游击战向运动战发展迈出了关键性的第一步，为粉碎国民党对中央根据地发动的一、二、三次“围剿”奠定了战略基础。罗坊会议对于“农村包围城市、武装夺取政权”的理论以及红军战略战术原则的形成起到了十分重要的促进作用。正如曾见证了罗坊会议的原军事科学院副院长郭化若所说：“罗坊会议不是孤立的，它发生在红军由游击战向运动战的战略转变的过程中和我们党抵制立三‘左’倾冒险主义错误的斗争过程中，是一个战略错误阶段的终止，又是一个战略正确阶段的开端，是一个重大的历史转折点。”

1930年10月下旬，即罗坊会议期间，毛泽东还利用休息时机，找了来自兴国永丰区的红军战士傅济庭、李昌英、温奉章、陈侦山、钟得五、黄大春、陈北平、雷汉香8人，召开了为期一周的调查会，详细调查记录了大革命前后兴国县永丰区的政治、经济、军事、社会各阶层的历史和现状，以及土地革命斗争、8个家庭的情况等，为日后在宁都县小布镇写下光辉篇章《兴国调查》（原名《八个家庭的观察》）做了充足准备，也为全党理论联系实际、大兴调查研究之风做出了表率，树立了光辉典范。

现在，罗坊会议纪念馆、罗坊会议旧址和毛泽东旧居、兴国调查会旧址等已成为江西重要的红色旅游景点、革命传统教育和爱国主义教育基地。

东固会师

东固革命根据地是以吉安县的东固为中心，形成吉安、吉水、永丰、泰和、兴国五县交界地区的工农武装割据，被誉为“东井冈”。这里崇山峻岭，修篁翠竹，云海雾淞，高山田园，峡谷平湖，上承井冈山星星之火，下联中央苏区燎原之势。1929年2月，毛泽东、朱德率领红四军转战赣南，来到东固革命根据地，举行了著名的“东固会师”。这里成为红一方面军第一、二、三次反“围剿”的主战场之一，也是朱毛红军转战赣南、闽西的出发地，奠定了创建中央苏区的牢固基石。

1930 年 10 月 15 日，蒋介石任命的第一次“剿共”前敌总指挥兼十八师师长张辉瓒，率部从南昌出发乘船至樟树，一星期后经崇仁、龚坊等地，于 11 月 19 日到达永丰县城关恩江镇。这次蒋介石调遣十万大军，分三路纵队“围剿”红军，以张辉瓒的十八师打主攻，采取“分进合击、长驱直入、外线作战、猛进猛打”的作战方针。

骄横不可一世的张辉瓒根本不把“朱毛彭黄”放在眼里，他对随军记者说：“‘朱毛彭黄’号称五个军，实际只有三万人。朱、毛在闽西、赣东活动，留在东固的只是黄公略的第三军，它以当地游击队的两个团为基础，用的土枪、土炮、梭镖、大刀，实际是乌合之众。”

张辉瓒是湘军名将，比蒋介石大两岁，也是日本陆军士官学校毕业生，曾赴德国考察过军事。12 月中旬，他率十八师所属五十二旅、五十三旅、五十四旅及直属队共 13000 人，浩浩荡荡经吉水直奔东固山。

1930 年 12 月 30 日清晨，毛泽东和朱德率总部人员登上黄竹岭。黄竹岭在龙冈东二十里，山坡上有棵红枫树，树下有一间

▲ 中共公略中心县委旧址

砖瓦房，原是个小杂货店，这时做了红军总指挥部。朱毛指挥红军，引诱张辉瓒部钻进设在龙冈的“布袋”。黄公略的红三军打正面；左路军罗炳辉的十二军在龙冈南面的万功山，堵住了张辉瓒西逃；彭德怀的红三军团和林彪的红四军从上固一线，压向龙冈，截断敌人的退路。

下午3时，红四军、红三军团从北面大山上压下来，红十二军从万功山上控制了开阔地。红三军从正面洪水一般朝敌十八师师部城功村席卷而来，顿时弹炮齐鸣、硝烟弥漫、号角震天，势不可当。张辉瓒眼看大势已去，慌忙换上一套下级军官制服，钻进万功山东坡的茅草丛中。

红军在搜山中，发现张辉瓒不见了。战士们朝天开枪，高喊道："张辉瓒听着，再不出来开枪啦。"这时，从前边山谷里的芦苇丛中，钻出一个浑身沾满杂草，胖得像个刺猬的人来，他并不举手，只说了三句话。第一句话："我就是前敌总指挥！"第二句话："找你们军长黄公略！"第三句话："找毛润之先生也行。"

"捉到张辉瓒啦，前头捉了张辉瓒啦……"成千上万的人们，传送着这个振奋人心的喜讯，一直传到黄竹岭总指挥部。

毛泽东和朱德喜出望外，这时，毛泽东脑海中突然涌现出气势磅礴的诗句，就是广为传颂的《渔家傲·反第一次大"围剿"》：

万木霜天红烂漫，天兵怒气冲霄汉。雾满龙冈千嶂暗，齐声唤，前头捉了张辉瓒。

二十万军重入赣，风烟滚滚来天半。唤起工农千百万，同心干，不周山下红旗乱。

毛泽东在总结这次战役时说："连师长在内九千人全部俘获，不漏一人一马。"吓得其他几个师抱头鼠窜，当时江西省主席、"围剿"总司令鲁涤平电告蒋介石："龙冈一役，十八师片甲不还。"

蒋介石在第一次大"围剿"惨败之后，又于1931年2月，纠集20万军队，以军政部长何应钦为总司令，坐镇南昌，对中央革命根据地发动了第二次大“围剿”。敌人鉴于第一次“围剿”冒进深入、全军覆没的教训，采取了“稳扎稳打，步步为营”的战术，从江西吉安到福建建宁构筑了一条800里长的战线。

当年4月敌人兵分四路向中央革命根据地推进，毛泽东坚持诱敌深入，集中优势兵力，各个击破敌人的战术，决定先打吉安富田地区较弱之敌王金钰部。5月16日战斗在富田打响。当日清晨，毛泽东、朱德带领红军总部人员到预设在东固附近白云山前小山村的指挥所时，与一股敌军遭遇，于是，先后转移到村后的白云山上。敌军发现后疯狂紧逼，向山上猛攻。红军总部的非战斗人员及伤病员都投入战斗，奋力抗击敌人的猛烈进攻，紧紧地钳制蜂拥而上的敌军。

在这千钧一发之际，震撼山峦的冲锋号角吹响了，埋伏在附近的红军主力，从山上压向敌人，一举歼敌7000余人。红军首战旗开得胜，迅速转入反攻，由富田向东，奋力横扫，锐不可当。5月29日打下建宁，敌人“八百里战线”全面崩溃。毛泽东后来在《中国革命战争的战略问题》中说：“十五天中（1931年5月16日至30日），走七百里，打五个仗，缴枪二万余，痛快淋漓地打破了‘围剿’。”

1931年夏天，蒋介石率领30万大军，发动第三次“围剿”，从7月初开始，到9月初结束。两个月的时间，敌军在中央苏区追击红军，采用“长驱直入”战略，大肆烧杀抢掠。毛泽东采用运动迂回战术，牵着敌人的鼻子走。黄公略率领红三军在老营盘，全歼国民党军第九师独立旅。然后，红军会合在东固南麓的方石岭，歼灭韩德勤五十二师。韩德勤装扮成伙夫，逃回吉安。

1931年9月15日早晨，红三军从罗坑向瑞金方向进军，经过东固南边一个叫六渡坳的地方。突然，三架意大利制造的“达格佛斯”飞机从天边急速飞来，低空盘旋侦察。黄公略一边指挥部队隐蔽，一边指挥机枪手对空射击。敌机发疯似的冲向六渡坳并射击，三颗罪恶的子弹瞬间穿过黄公略的右侧肋下。卫生员立即赶来营救，但因在战地，无法输血和手术。黄公略知道自己将不久于人世，他坦然对参谋长陈奇涵说：“参谋长，替我写封家信。家中有老母、妻子，还有一个没见面的半岁的女儿。以革命未成，高堂弃养为憾！”

毛泽东、朱德急忙从方石岭赶来看望他，下午7时30分，黄公略的心脏停止了跳动。临终前他断断续续地说：“就把我埋在东固，我喜欢这里的人民，喜欢这里的山和水。”毛泽东十分痛惜地说：“公略同志政治、军事都很强，死得太可惜了。”

青山有幸埋忠骨，何须马革裹尸还！

西有井冈山，东有东固山。东固革命根据地是中国革命的重要“坐标点”，是与井冈山革命根据地同时期创建、并存的根据地之一，是联结革命摇篮井冈山和共和国摇篮红都瑞金的重要一环。从1930年10月到1934年10月，中央苏区共进行了五次反“围剿”战争，前三次都是毛泽东亲自指挥的，每次都取得了胜利。东固革命根据地也作为反“围剿”战争的胜利地，永远载入党史和中国革命史，成为一代代人向往的圣地。

宁都起义

1931年“九一八”事变后，日本对东北三省的大规模侵略强烈地震动了中国社会，群众性的抗日救亡运动很快在全国兴起。中国共产党率先高举武装抗日的旗帜，发表《中国共产党为日本帝国主义强暴占领东三省事件宣言》，谴责日军侵略，号召全体中国人民“驱逐帝国主义滚出中国！”而在此危难关头，南京国民政府却置国家与民族利益于不顾，奉行“攘外必先安内”方针，对外采取妥协不抵抗的政策。在日本步步紧逼、全国人民抗日呼声高涨的形势下，蒋介石仍坐镇江西指挥“剿共”。

此时此刻，有一支有血性的心系民族危亡的国民党部队，其官兵几乎全是北方人，却被蒋介石强行推入江西“围剿”红军。

遥望故土沦陷和家乡亲人遭难，他们的内心十分悲痛。这便是国民党第二十六路军。

国民党第二十六路军的前身是冯玉祥的国民军联军，士兵大多来自陕、甘、冀、豫、鲁、宁、青等地，曾参加过北伐战争。1930 年 10 月，冯玉祥在军阀混战中落败后，残部被蒋介石收编为国民革命军第二十六路军，共 2 万余人。蒋介石将其从山东济宁调入江西，参加对中央苏区的“围剿”。

1931 年 9 月，国民党军对中央苏区的第三次“围剿”失败后，蒋介石命令第二十六路军孤军留驻宁都县城，其他部队则先后撤出中央苏区。由于被蒋介石视为杂牌军，第二十六路军不仅战斗减员和武器弹药的损失得不到应有的补充，而且每月薪饷和应有的生活物资及药品也难有保障。第二十六路军官兵不适应南方湿热的天气，吃的是发霉的大米，很少有面食，生活极不习惯。一时间，军中发疟疾、拉痢疾、烂疤子的人迅速增多，加之药品供应不足，得不到及时治疗，时有士兵死亡。仅在驻守宁都不到三个月的时间，宁都城西门和北门的荒郊地上就埋下了几千具士兵的尸体。军中士气非常低落，一种无形的悲愤和怨恨在军中蔓延。

“九一八”事变的爆发，更是加剧了第二十六路军官兵的怒火。由于受中央苏区第三次反“围剿”胜利和全国抗日反蒋浪潮的影响，他们经常收听新闻广播，既收听南京的广播，也收听日本东京的新闻。日本电台每天广播的战况都是“昨天占某城，今日取某地”，言辞狂妄且嚣张，官兵听了无不义愤填膺。他们激愤地说：“与其困到这里，不如战死在抗日的战场上。”

其实，第二十六路军广大官兵都知道，进攻中央苏区，会有被消灭的危险。他们的总指挥孙连仲，为了摆脱困境，也想把部队重新拉回北方去。于是，他向南京发电报，要求回北方打击日本侵略者。未等回电，他就命令部队向北开拔。部队刚走到离宁都县城五六十里的湖岭咀，蒋介石突然复电强令他们：“立即返回原防，死也得死在宁都。”部队在湖岭咀停留了两天，只好又开回宁都。尴尬的孙连仲托词告假离开第二十六路军，把军务交给参谋长赵博生主持。

一天，在宁都北门外梅江畔一棵高大的乌桕树下，赵博生指着悬挂的东北三省地图向部队讲演。当他讲到日本侵略者强占东北、到处奸淫烧杀残害百姓时，全场群情激愤，高呼“打倒日本帝国主义”“还我东三省”等口号。其中，一个东北口音的士兵还哭着喊道：“我就是那疙瘩的人，日本人占了我的家，不知老娘和小妹子怎么着呢！”

此时，打入第二十六路军的中共地下党员成立了中共特别支部。他们结合部队官兵现状，因势利导，帮助他们寻找出路。为了试探赵博生，一天，特支决定由王超（特支党员）写封长信给赵博生。几天后，赵博生把送信的译电员罗亚平（特支党员）叫到寝室，从桌上书堆里拿出那封信，指着信上画了红线的地方，称赞道："说得对呀！有独到见解。蒋介石就是不抵抗主义嘛，说得完全对。不抗日，中国一定亡。"于是，特支决定发展赵博生入党。

赵博生入党后，更加积极主动地联络军中的爱国官兵，与第七十三旅旅长董振堂频繁接触。两人志同道合，大有相见恨晚的感觉。赵博生对董振堂说："联合红军，北上抗日！"他还提出以第七十三旅和总指挥部为主，力争第七十四旅也参加。董振堂当即表态："我的心同你的心一样，有福同享，有祸同当，绝不食言。你说怎么办就怎么办。"窗户纸捅开后，他们的心更加紧密地贴在一起。

终于，一场命运的大抉择开始上演了。

1931 年 12 月 14 日晚上，在宁都县城梅江河畔的一幢洋楼里，赵博生操办了一场宴会，宴请团以上军官。宴会办得非常丰盛，楼房内灯火通明。赵博生按预定计划，向军官们讲了"九一八"事变后中国的形势、第二十六路军的处境以及今后的出路，并当场宣布第二十六路军 1.7 万余人加入红军，同红军一道北上抗日。赵博生的话犹如一声惊雷，震动了整个会场。

第二天早晨，部队开出城外，在南门外梅江东岸河滩上集结，摘下青天白日的帽徽。赵博生语重心长地告诉大家：“我们一定要跟随红军去打日本鬼子……”

宁都起义是中国共产党领导的一次非常成功的重要的武装起义，在国民党军队中引起很大震动，同时也为红军增加了一支生力军。起义部队改编为红五军团后，高举民族抗战旗帜，转战大江南北，立下了赫赫战功。

1938 年，中国人民抗日战争进入相持阶段。为了鼓舞全国人民的抗日决心和信心，12 月，毛泽东在延安会见了部分参加宁都起义的同志，与他们合影留念，并欣然题词：“以宁都起义的精神，用于反对日本帝国主义，我们是战无不胜的。”

红五军团为中国人民的解放事业建立了不朽功勋，并为党和新中国培养造就了一批英才。中华人民共和国成立后，从宁都起义的部队中走出了共和国开国将军 31 位，其中上将 1 位，中将 5 位，少将 25 位；走出了共和国首任外交官 4 位、共和国副部级以上领导人 6 位。红五军团的英雄业绩，永载中国革命史册。

金溪战役

金溪县位于江西东部、抚河中游，因历史上出金产银、山间溪水色泽如金而得名。金溪建县于北宋淳化五年（公元 994 年），有着跨越千年的厚重历史，这里是“心学”代表人物陆九渊的故里、明清时期江南最大的雕版印刷中心，曾是红一方面军司令部的驻扎地，亦是一座没有围墙的古村落博物馆。

1933 年初，为了粉碎国民党军队对中央苏区的第四次“围剿”，打通中央苏区与赣东北苏区的联系，周恩来、朱德和王稼祥率红一方面军再度北进。元旦那天，红一方面军在黎川举行阅兵誓师大会，红军士气高涨。随后，红一、三、五军团共计 3 万余人，从黎川、资溪等地出发，进入金溪县境。

1 月 4 日至 5 日，红三军团、红二十二军在红一、五军团配合下，向黄狮渡发起进攻。黄狮渡是赣东战略要地，是扼守金溪、资溪、南城 3 县的要塞，能否攻占黄狮渡，关系重大。

进攻前，红军已侦察到黄狮渡敌军有国民党军三个团。敌军在阵地前后挖掘了 8000 多米长的战壕，派有重兵把守，只有阵地两侧防守薄弱。彭德怀当机立断，以主力攻击国民党军防守薄弱的阵地两侧。1 月 5 日下午 2 点，红三师 2 个团向国民党军左翼侧迂回前进，向黄狮渡首先发起攻击。同时，红二师 2 个团向附近庙山进攻。经过几番激战，红三师攻占了国民党军左翼侧全部阵地，与此同时，攻击国民党军右翼侧的红军部队夺取了敌人阵地制高点。

战至下午7点半，红军对黄狮渡残敌发起全面进攻，全歼敌军。红军俘虏国民党军官兵1000多人，控制了黄狮渡这一要塞，顺利实现了战斗目标。黄狮渡战斗的胜利，打乱了国民党军的部署，剑锋直指抚州国民党守军。

然而，国民党军也由此发现了红军主力，迅速调集兵力集结浒湾，分别向金溪、黄狮渡进攻，截击红军，妄图围歼红军主力于浒湾东南地区。朱德、周恩来沉着应对，命令红军分为左、右纵队，分别迎击由浒湾东进和南进的国民党军。

一场激烈的大战即将打响。

8日凌晨4时，红一、三军团在金溪县城北门外誓师，朱德、彭德怀作战前动员。随后，分数路纵队出发。拂晓前，红军赶在国民党军前面，抵达崇麓、黄坊、城上一线。9时30分，林彪率红一军团在枫山铺附近与国民党军6个团兵力遭遇，遂在公路两侧展开激战。国民党军抢先占领公路北侧制高点——崇岭，并调派8架飞机和大炮助战，向红军阵地狂轰滥炸。红一军团几次进攻都未能奏效，部队伤亡较大。

就在这危急时刻，彭德怀来到前线阵地指挥作战，并亲自组织几次冲锋。周恩来也亲临阵地，号召红军战士誓死奋战。红军指战员身先士卒，战士们视死如归，打退了国民党军一次又一次的进攻。敌军渐渐不支，连号称“铁军”的吴奇伟师也终于放弃阵地，向浒湾方向溃退。

随后，国民党军向红十五军第一三五团阵地发起猛烈进攻，两次都被红一二八团特务连击溃。失败后，国军党军很快又纠集2个团的兵力，分两路扑向红一三五团阵地。红十五军军长赵博生亲临阵地前沿指挥作战，把部队部署在几个制高点上，以交叉火力给敌以沉重打击。但国民党军后续部队源源而上，冲进红一三五团阵地。警卫劝赵博生先撤离阵地，但赵博生绝不临阵退缩，坚持固守阵地，带领红军官兵与国民党军展开肉搏战。正在这时，一颗炮弹击中赵博生，赵博生在阵地英勇牺牲。红军官兵在军长赵博生的激励下，奋不顾身，与敌人进行殊死搏斗，终于击溃北线国民党军6个团，保住了红一三五团阵地。

11时，红军拿下崇岭主峰。

国民党军为挽回败局，从浒湾派出2个团的增援部队，在长岗埠、枣树一带会合，据守大仙岭这一有利地形，构筑工事，准备反扑。红军总部决定乘胜对大仙岭一带的国民党军队采取围歼战术，将所有战斗部队分作4路，向大仙岭守敌进攻。

下午3时，大仙岭总攻打响了。

国民党军队虽有增援部队赶到，但红军预备队第二十二军也投入战斗，对国民党军进行猛烈攻击。激战 1 小时后，国民党军队开始全线溃退，直向抚州逃窜。红三师协同红二十二军向彭家渡方向，穷追猛打 50 里，一直追到离抚州城仅 3 里的千金坡机场。9 日凌晨，战斗全部结束。红军大获全胜，夺取军用物品无数。敌军受创极重，伤亡过半。

金溪战役从 1 月 4 日开始至 1 月 9 日凌晨结束，包括黄狮渡战斗、崇岭争夺战、大仙岭围歼战和长源庙阻击战等，红军共歼灭国民党军 1 个多旅，击溃 3 个多师，俘虏 4000 余人，缴枪 4000 多支，给北线的国民党军一次较大打击。金溪战役是红军第四次反“围剿”的先声战，对争取第四次反“围剿”的胜利起决定性作用，在中国人民革命斗争史上写下了不朽的一页。中央军事博物馆将金溪战役制成详细的图片资料，在显赫位置展出，可见金溪战役在军事史上的重要作用。

回望那激情燃烧的岁月，金溪是赣东革命根据地的重要组成部分，是中央红军浴血奋战的革命圣地，并诞生了周建屏、卢春生等众多革命将士。很多传统村落就是红色革命战斗地，古建筑成为红色文物的载体和遗址，比如后龚村，就曾是红一方面军司令部的驻扎地，时任红一方面军总政治委员周恩来、总司令朱德、总政治部主任王稼祥等老一辈无产阶级革命家都在此指挥战斗过。

如今，在金溪战役遗址大仙岭西麓，屹立着一座由聂荣臻元帅亲笔题词的“金溪战役纪念碑”，在县城北郊则建有金溪革命烈士陵园、革命烈士纪念塔。金溪县完好保留了144处革命文物和200多条红军标语，这些都成为人们缅怀先烈、进行红色传统教育的重要素材。

结 语

矢志不渝传承红色基因

第一节
建设全国红色基因传承示范区

习近平总书记多次强调，新中国是无数革命先烈用鲜血和生命铸就的。要深刻认识红色政权来之不易，新中国来之不易，中国特色社会主义来之不易。要用好红色资源，传承好红色基因，把红色江山世世代代传下去。习近平总书记在党的二十大指出：“不断谱写马克思主义中国化时代化新篇章，是当代中国共产党人的庄严历史责任”“弘扬以伟大建党精神为源头的中国共产党人精神谱系，用好红色资源”。“学习党的历史”“党史学习教育常态化制度化”还在党的二十大会议写入新的《中国共产党章程》。江西省第十五次党代会提出，要充分发挥红色资源优势，赓续红色血脉，擦亮红色品牌，建设全国红色基因传承示范区，努力把江西打造成为最讲党性、最讲政治、最讲忠诚、最讲担当的地方。江西红色历史悠久，红色文化厚重，红色风景优美，红色内涵丰富，具有建设红色基因传承示范区的良好条件。要做好这件工作，我们必须从以下方面发力。

一是挖掘红色资源。江西是中国最红的地区之一，在中国共产党的革命历史、精神谱系上有着特殊地位。20 世纪 20 年代后期至30年代初期，是中国共产党的寻路时期，江西成为中国革命的中心。老一辈无产阶级革命家毛泽东、周恩来、刘少奇、朱德、邓小平等先后来到江西，发动了安源工人运动、南昌起义、秋收起义、井冈山斗争等重大历史事件，召开了中华苏维埃第一次、第二次全国代表大会等重要历史会议，开辟了“农村包围城市、武装夺取政权”的中国革命正确道路，锻造出了跨越时空的井冈山精神、苏区精神、长征精神。江西有名有姓的烈士近26万人，无名烈士不计其数；开国将军327名，占全国总数的20%；革命旧址近3000处，爱国主义教育基地350多处，县县有红色故事，市市有红色景区，全省是一座没有围墙的革命历史博物馆。近年来，江西在挖掘红色资源上做了很多工作，取得明显成效，但也存在一些不足，如中央红军长征后三年游击战争、赣东北革命根据地、三湾改编、袁文才和王佐革命烈士故事、寻乌调查、兴国调查、罗坊会议、游击战争“十六字诀”、“三大纪律八项注意”以及毛泽东亲手创建的全国第一个县级红色政权——遂川县工农兵政府、全国首个红色圩场——遂川草林圩场等，还要进一步挖掘梳理。

二是打造红色名片。在挖掘红色资源的基础上，按照特色鲜明、底蕴厚重、言简意赅、朗朗上口、便于记忆的原则，提炼红色文化宣传口号，打造响亮的“红色名片”，这不仅有利于扩大红色文化的宣传推广，也有利于增强人民群众的文化自信，凝聚加快发展的蓬勃力量。如江西的“四大摇篮（中国革命的摇篮——井冈山、人民军队的摇篮——南昌、共和国的摇篮——瑞金、中国工人运动的摇篮——安源），四处胜地（伟人化险地——铜鼓、中央红军长征集结出发地——于都、改革开放策源地——小平小道、耀邦陵园地——共青城富华山），一营——上饶集中营，一人——方志敏”十大红色文旅基因库，就是江西红色资源和红色旅游的最佳代表、最靓名片。这些红色名片受到了广大干部群众的欢迎，在党史学习教育的热潮中被广为传颂，取得很好的宣传推广效果。

三是保护红色文物。红色革命文物是党和国家的宝贵财富，是传承红色基因的重要载体。习近平总书记高度重视革命文物工作，就保护、利用、传承作出系列重要指示，强调要“切实把革命文物保护好、管理好、运用好”。据统计，江西现存不可移动革命文物2960处，可移动革命文物43650件/套，87个县（市、区）被列入革命文物保护利用片区分县名单，普查登记红色标语过万条，保护运用好这些革命文物责任重大、任务繁重。2021年11月，江西在全国率先立法保护革命文物，出台了《江西省革命文物保护条例》，从2022年1月1日起施行。要以学习、宣传、实施条例为契机，加快推进配套制度建设，完善革命文物保护措施。

定期开展革命文物普查和专项调查，加强对革命文物及其相关史料的征集整理工作，及时把新发现的革命文物依法纳入保护范围。建立革命文物名录保护制度，实行分级分类保护，对不可移动革命文物和可移动革命文物分别明确相应的保护措施。建立革命文物工作督查制度，省政府对重大革命文物违法案件和安全责任事故进行督办、约谈相关负责人，检察机关依法在革命文物保护工作中开展公益诉讼。鼓励和支持旅游企业、旅游景区（点）依托革命文物资源，与当地其他文物古迹、自然景观和非物质文化遗产等资源有效整合，打造具有江西特色的红色旅游品牌和红色旅游线路。

四是发展红色旅游。红色旅游是爱国主义教育、革命传统教育的生动课堂和重要渠道，在弘扬红色精神、促进经济发展等方面发挥了积极作用。江西是全国红色旅游的策源地、领跑者。2004 年，江西出台了《江西省红色旅游发展纲要》，将红色旅游作为旅游业的发展重点，开始在全国率先发展红色旅游；2005 年，举办了首届中国红色旅游博览会；2010 年，举办了“永不落幕的”中国红色旅游网络博览会；2017 年，由江西倡议，全国 24 个省（区、市）共同发起成立中国红色旅游推广联盟，联盟秘书处永久设在江西；2019 年，在全国率先出台《江西省旅游者权益保护条例》，建立了先行赔付等制度。同时，加快完善各景区的“一路（景区公路）、三道（栈道、索道、游步道）、六个中心（游客中心、食宿中心、演艺中心、购物中心、观景中心、智慧旅游中心）等配套基础设施建设；加大旅游人才培养力度，在江西师范大学、江西科技师范大学、赣南师范大学开办“金牌讲解班”，在江西财经大学举办旅游产业高级管理人才研修班。经过多年的发展，江西已成为全国红色旅游的主要目的地之一，入选全国红色旅游“五好讲解员”建设行动试点省份，是红色培训的“全国样板”。2019 年，全省红色旅游接待游客 24961 万人次，综合收入 1895 亿元，约占全省旅游总量的 1/3。当然，各地红色旅游发展过程中还存在内容相似、形式单一、参与性弱等不足。今后要进一步创新发展红色旅游，通过坚持走内涵化、主题化、生活化、品牌化、融合化、合作化的道路，努力将江西打造成全国红色旅游首选目的地。

五是加强红色宣传。做好江西红色文化的宣传推广，不仅可以更好地展示江西丰富的红色历史故事，而且可以对内进一步激励全省上下传承红色基因，对外进一步提升江西“赣水那边红一角”形象，为加快江西发展凝聚合力。首先，在宣传范围上，做到有层次、有侧重、有针对性地辐射更广地域，从国内一线大城市北京、上海、广州、深圳等到区域中心城市沈阳、西安、成都、重庆等，再到周边省会城市长沙、武汉、杭州、合肥等，多角度、多渠道地同步开展江西红色文化与红色旅游的宣传推介活动。其次，在宣传方式上，要进一步创新与拓展，推进“互联网＋红色文化”“5G+VR、AR”，对红色文化进行全景式、立体式、延伸式展示，通过微展览、微课堂、微访谈、微视频以及微信公众号等传播方式，打造江西红色数字家园；充分发挥好一个联盟（中国红色旅游推广联盟）、一台展会（中国红色旅游博览会）的作用，全方位对外展示江西红色旅游的独特魅力。最后，在宣传内容上，要创作出更多无愧于时代、无愧于人民的优秀作品，通过戏剧、电影、电视剧等多种方式用心用力讲好红色故事，比如实景演出《井冈山》《浴血瑞金》、电影《建军大业》《信仰者》、电视剧《寻路》《可爱的中国》、戏剧《八子参军》《生如夏花》《永远的歌谣》，歌曲《毛委员和我们在一起》《八角楼的灯光》《十送红军》《映山红》等。

六是讲好红色故事。在中国共产党百年奋斗历程中，一个又一个感人至深的红色故事一直被传颂着。红色故事展现了历史的真实力量，是中国共产党政治本色的鲜活体现。讲好红色故事，有助于传承我们党的红色血脉，有助于广大人民群众厚植爱党、爱国、爱社会主义的情感，坚定不移听党话、跟党走。习近平总书记指出，革命博物馆、纪念馆、党史馆、烈士陵园等是党和国家红色基因库。要讲好党的故事、革命的故事、根据地的故事、英雄和烈士的故事，加强革命传统教育、爱国主义教育、青少年思想道德教育，把红色基因传承好，确保红色江山永不变色。我们讲好红色故事，不仅要在考据史料、尊重历史的基础上讲史实、讲事实，还要有背景、有人物、有吸引人的情节、有打动人的细节，在矛盾斗争中推动故事的发展，使故事鲜活生动、高潮迭起、感人泪下、催人奋进，不是感动一下子，而是记住一辈子。要继续丰富和发展井冈山精神、苏区精神、长征精神及十大红色文旅基因库的内涵，认真挖掘、梳理其中的深厚历史故事。同时，还要集中力量深入挖掘赣南三年游击战争、赣东北革命根据地等当前薄弱的研究环节，为讲清、讲全、讲好江西红色故事奠定扎实基础。

七是提升红色培训。红色培训，主要是指通过红色场馆、革命遗址、爱国主义教育基地等红色文化资源，组织开展现场教学、专题教学、互动访谈、学员研讨等形式的学习活动，让人们深入了解革命历史、缅怀革命先烈，这是追寻红色记忆、传承红色基因的重要途径之一。同时，在红色教育培训的带动下，游客逗留时间由过去平均 1.5 天延长至 4 ～ 5 天，拉长了旅游产业链。近年来，江西井冈山、瑞金、上饶、萍乡等地通过专题教学、现场教学、情景教学、互动教学、体验式教学、红色拓展训练等方式，探索出红色资源与党性教育相结合的“江西模式”，带动了当地红色旅游发展。当前，部分地方还存在红色培训品牌效应不强、教学方式单一、师资队伍较弱等不足，要通过建立全省红色教育培训联盟，打造红色教育培训“江西品牌”等活动，进一步创新江西的红色教育培训机制，规范教育培训机构管理，加强教师队伍建设，丰富教育培训课程内容，积极推广应用“互联网+”平台，运用AR、VR等新技术，加快推动江西红色教育培训由规范快速发展向高质量发展的飞跃。

八是赓续红色血脉。学习的目的在于应用。我们要在学习百年党史过程中，通过掌握重大历史事件、重要历史会议和重要历史人物，学习革命先辈对党忠诚、清正廉洁、敢闯新路的精神，深刻感悟马克思主义为什么行、中国共产党为什么能、中国特色社会主义为什么好；紧密联系实际把时代摆进去、把自己摆进去、把工作摆进去，善于将党史学习教育的成果转化为办实事、开新局的强大动力，使我们对新的历史条件下，如何促进经济社会发展的思想更加明确、思路更加清晰、信念更加坚定。办实事要抓住群众“急难愁盼”问题，不以数字论英雄。具体做到四问：第一个是“问需于民”，帮老百姓办事，首先问老百姓的需求是什么，根据需求来确定办实事的清单；第二个是“问计于民”，老百姓不仅知道需要什么，还最知道用什么办法可以解决这些问题；第三个是“问政于民”，就是出台政策、方案和措施，也要征求群众的意见；第四个是“问效于民”，特别是办实事结束后问一问群众对办实事的效果满意不满意、是否可持续，让群众能长期享受办实事的成果。要认真解决一些老大难问题，深入研究办实事过程中出现的一些新情况、新问题，及时制定出切实可行的办实事的目标与措施。

红色文化是历史、是记忆、是传统，是新中国的重要文化基因，也是中华民族文化自信的底色与底气。读懂历史才能看得远，不忘初心才能走得实。要牢记中国共产党是什么、要干什么这个根本问题，积极将江西建设成为全国红色基因传承示范区，为实现中华民族伟大复兴中国梦做出新的更大贡献。

第二节
为革命老区发展铸魂

革命老区是党和人民军队的根，是中国人民选择中国共产党的历史见证，孕育了宝贵的红色文化，留下了丰富的红色资源。革命老区大部分位于多省交界地区，交通、教育、卫生等公共设施相对落后，很多还属于欠发达地区，但相比其他地方，革命老区具有红色资源富集的独特优势。加快推动“红色文化＋旅游”，既是用好红色资源、传承红色基因的重要渠道，也是革命老区巩固脱贫攻坚成果、促进乡村振兴的重要举措。

实践证明，“红色文化＋旅游”是爱国主义教育和革命传统教育的生动课堂，在传承红色文化、促进革命老区振兴等方面发挥着积极作用。如2016~2020年，江西红色旅游接待总人数和总收入约占全省总量的25%。其中，井冈山直接或间接从事红色旅游产业的人数达4万余人，占全市人口的25%，旅游收入占GDP的60%以上，旅游从业人员人均年收入达2.4万元，井冈山红色旅游融合创新发展模式被列为江西省扶贫示范工程，当地贫困户成为红色旅游发展的参与者和受益者。国家文化和旅游部数据显示，全国红色旅游出游人数从2004年的1.4亿人次增长到2019年的14.1亿人次，实现了10倍增长，占国内旅游产业逾1/4的份额。据相关旅游机构测算，2021年全国红色旅游市场的经济贡献突破万亿元，极大促进了革命老区的振兴发展。

当前，各地在推动“红色文化＋旅游”过程中，还不同程度存在着保护投入较低、传播方式单一、景点硬件薄弱、游客参与度不高等不足，建议国家相关部门要积极支持打造一批国家级红色基因传承示范区，鼓励各地积极挖掘红色资源、加强红色文物保护、传播红色精神；坚持和完善政府主导、社会参与、市场运作的红色旅游发展机制，鼓励社会力量参与红色旅游资源保护开发利用；按照特色鲜明、底蕴厚重、言简意赅、朗朗上口、便于记忆的原则，提炼红色文化宣传口号，打造响亮“红色名片”；推进“互联网＋红色文化”“5G+VR、AR”，对红色文化进行全景式、立体式、延伸式展示，通过戏剧、电影、电视剧等多种方式用心用力讲好红色故事；坚定走内涵化、主题化、生活化、品牌化、融合化、合作化的道路，扎实推动革命老区红色旅游高质量发展，助力革命老区加快振兴。

第三节
筑梦绿色崛起

江西自古就有“物华天宝、人杰地灵”的美誉。赣鄱文化历史悠久、底蕴深厚，古色、绿色、红色交相辉映。绿色是江西的底色，全省森林覆盖率全国第二，高达63.35%，生态环境质量位居全国前列，是中国“最绿”的省份之一。全省生物资源、动物资源、森林资源、矿产资源、水资源十分丰富。现有世界遗产地5处、世界文化与自然双遗产地1处、世界地质公园4处、国际重要湿地1处、首批国家公园1处、国家级自然保护区10处、国家级风景名胜区18处、国家级森林公园50处，旅游景区（点）2500余处覆盖全省，是名副其实的绿色家园、生态仙境、宜居福地。

2015年3月，习近平总书记参加十二届全国人大三次会议江西代表团审议时，谆谆嘱托打造生态文明建设的“江西样板”。2016年2月，习近平总书记在江西考察时，赞誉“江西是个好地方，生态秀美，名胜甚多；庐山天下悠、三清天下秀、龙虎天下绝”，要求做好“治山理水、显山露水”这篇大文章，走出一条经济发展和生态文明水平提高相辅相成、相得益彰的新路子，打造美丽中国“江西样板”。2019 年 5 月，习近平总书记再次视察江西，要求加快构建生态文明体系，繁荣绿色文化，壮大绿色经济，创新绿色制度，筑牢绿色屏障，打造美丽中国“江西样板”。

近年来，江西全省上下牢记习近平总书记殷切嘱托，深入学习贯彻落实习近平生态文明思想，紧紧围绕打造美丽中国“江西样板”的目标，扎实推进国家生态文明试验区建设，打好以“八大标志性战役、30 个专项行动”为主要内容的污染防治攻坚战，山水林田湖草沙保护修复、环境治理体系、生态司法改革、绿色金融创新等改革走在全国前列，绿色发展“靖安模式”、抚州生态产品价值实现机制、赣南山水林田湖草沙综合治理、九江央地合作“共抓大保护”模式等特色改革品牌持续打响，江西的生态环境质量持续改善，全面建设美丽江西，绿色转型取得新突破。经过多年奋斗，赣鄱大地天更蓝、山更绿、水更清、生态更优美。

2021 年，江西省森林资源总量和质量实现双提升，其中森林覆盖率稳步增长，达到 63.35%。森林结构进一步优化，乔木林中阔叶林和针阔混交林面积比重快速增加；空气质量优良天数比率达 96.1%，为中部地区最高；国家地表水考核断面水质优良比例达 95.5%，设区城市集中式饮用水水源地达标率 100%，赣江干流断面水质达到Ⅱ类标准。十年间，江西制定实施《生态系统生产总值核算技术规范》、生态产品储蓄运行管理规范等省级地方标准，加快打造“江西绿色生态”区域公用品牌；创新推出“赣鄱正品”全域认证品牌，“两品一标”农产品数量达3894个，林业经济总产值突破5500亿元，探索出一条“政府主导、市场运作、多元发展”的生态产品价值实现新路子。

2021年11月，江西省第十五次党代会明确将“美丽江西”作为全面建设“六个江西”的奋斗目标之一，将“一流的生态环境”作为实现“五个一流”的工作要求之一，提出要继续深入贯彻习近平生态文明思想，深化国家生态文明试验区建设，扎实做好“治山理水、显山露水”的文章，全力打造全面绿色转型发展的先行之地、示范之地，以更高标准打造美丽中国“江西样板”。

一是有力有序推进碳达峰碳中和。坚持把碳达峰碳中和纳入生态文明建设整体布局，全面推动减污降碳协同增效。建立碳达峰碳中和推进体系，坚决遏制“两高”项目盲目发展，坚决摒弃以破坏环境、牺牲安全为代价的做法。坚持“碳减排”与“碳增汇”并举，用好碳排放权交易等政策，不断增强生态系统碳汇、固碳能力，助力碳达峰碳中和目标如期实现。

二是深入打好污染防治攻坚战。坚持精准治污、科学治污、依法治污，着力解决突出的生态环境问题，持续提升生态环境质量。深入推进大气污染综合治理，持续加强水污染防治，强化土

▲ 井冈山“红军万岁”雕塑

红军万岁

壤污染防治，全面实行生活垃圾分类，加快实现生活垃圾减量化、资源化、无害化处理，变废为宝，化腐朽为神奇。

三是持续推进生态保护与修复。坚持尊重自然、顺应自然、保护自然，切实保护好山脉、山体、森林、水系、湿地等生态资源，牢牢守住自然生态安全边界。强化国土空间规划和用途管控，落实“三线一单”生态环境分区管控，严守生态保护红线。坚持山水林田湖草沙综合治理，大力实施生态鄱阳湖流域建设行动计划，提升生态系统质量和稳定性。

四是完善生态产品价值实现机制。坚持以产业化利用、价值化补偿、市场化交易为重点，加快完善政府主导、企业和社会各界参与、市场化运作、可持续的生态产品价值实现路径。全面构建生态产品价值核算评估体系，健全自然资源统一确权登记制度，推进生态产品价值核算标准化。

五是健全生态文明制度体系。坚持“源头严防、过程严管、后果严惩”，加快构建具有江西特色的生态文明制度体系。健全生态环境管理体制机制，严格落实生态环保责任，加强领导干部自然资源资产离任审计，深化生态环境保护督察，强化河长制湖长制，打造林长制升级版。完善地方生态环境标准体系、生态环境保护综合执法体系，建立高质量生态环境监测网络，健全生态环境公益诉讼制度。

江西山清水秀、人文荟萃、资源丰富，发展旅游业具有得天独厚的优势。加快发展全域旅游是江西发挥绿色生态优势、实现共同富裕的重要抓手。要深入推进旅游强省战略，高规格编制全域旅游发展规划，统筹推进全域旅游发展，明确各行业、各领域发展都要按照旅游标准，融入旅游元素、丰富旅游内容、增强旅游功能。健全完善旅游基础设施，加强通往景点的高速公路、高速铁路、省道、乡道以及高山索道、栈道、游步道等建设，形成全省无障碍旅游交通网络。发展健康养生、休闲娱乐、自助采摘、温泉疗养、户外拓展、森林康养等新型旅游业态，推动“观光游”向“休闲游”“康养游”转型发展。按照“唯一性、第一性、专一性”标准加快景区景点建设，大力推进全域旅游发展，实现“四处可游、四季能游、四通八达、四海来客”。

船到中流浪更急、人到半山路更陡。机遇稍纵即逝，发展时不我待，当前江西发展仍处于大有可为但充满挑战的重要战略机遇期，只要我们大力发扬“踏平坎坷成大道，斗罢艰险又出发”的斗志，继续保持“咬定青山不放松，不达目的不罢休”的韧性，一定能沉着有力化解各种风险，大力迈出江西高质量发展的新步伐，走出一条经济强、社会稳、百姓富、山川美、文旅兴的新路子，顺利实现江西绿色崛起的新跨越。